Laurent GRIMON

LE CHEVALIER DES ARBRES

Roman

Éditions Laurent Grimon.ca

À Natacha et Olivier, mes petits chevaliers

À Mara… pour toujours

Prologue

L'été 1944 restera une des périodes les plus difficiles de l'histoire française. D'un côté, le débarquement des Alliés en Normandie a redonné espoir à toute une nation ; de l'autre, la débâcle de l'armée allemande a engendré certaines des pires exactions de l'histoire moderne.

La guerre n'épargnant personne, beaucoup d'enfants, orphelins ou non, se sont retrouvés confiés aux bons soins d'institutions religieuses.

C'est l'histoire de quelques-uns d'entre eux que vous allez maintenant découvrir.

1
Hors limites

Été 1944, quelque part en France…

Kaczki se déplaçait comme un félin, s'enfonçant dans la forêt avec une agilité et une vitesse prodigieuses. Il avançait sans se cogner aux branches, il les effleurait en les caressant d'un geste souple, presque respectueux, et elles, dociles et complices, reprenaient leur place avec un léger bruissement. Kaczki sautait, se baissait, tournait sur lui-même, profitait des faveurs d'une branche basse pour se suspendre comme un singe, ralentissait brusquement pour écouter je ne sais quel murmure, puis reprenait sa course sans un mot. La forêt l'accueillait sur une piste qu'elle ne semblait dévoiler qu'à lui seul.

C'était magnifique. Du grand art.

Pour moi, la forêt n'était pas aussi complaisante et je lui livrais une bataille nerveuse, mes genoux et mes avant-bras portaient les stigmates cuisants de ses coups de griffes acérées.

Je n'en pouvais plus.

Mon cœur battait la chamade avec de furieux coups de boutoir qui me gonflaient les carotides. J'étais au bord du malaise, mais il fallait que je tienne. Coûte que coûte. Il en allait de mon avenir au sein de la bande. Un goût de fer m'emplit la bouche, j'avais dû me couper la langue en me cassant la binette, je m'arrêtai une seconde histoire de souffler un peu.

Kaczki avait disparu. Volatilisé. La forêt était étrangement silencieuse, même les oiseaux s'étaient tus. Mon guide s'était fondu dans le vert profond, disparu sans trace aucune. Je tournai sur moi-même en essuyant les perles de sueur qui me brûlait les yeux, mais j'étais perdu. Salaud de Kaczki, il l'avait fait exprès ! Tu parles d'une sortie pour vérifier mon courage hors limites ! Ils avaient décidé de me perdre, c'était entendu. La jalousie devait y être pour quelque chose, il faut dire que je m'étais passablement étendu, trop peut-être, sur mes prétendues aventures avec les Indiens. Tout était faux bien sûr, mais les Indiens d'Amérique exerçaient une telle fascination sur mes camarades de classe que je n'avais pas laissé passer une si belle occasion de me faire mousser.

Je tentais désespérément de retrouver un semblant de piste, mais l'élément végétal, momentanément dérangé, avait subrepticement repris sa place. Une peur panique m'envahit, je ne retrouverai jamais le chemin du retour.

– Miron ! Miron !

La voix chuchotante semblait tomber du ciel.

– T'es où ? demandai-je, en essayant de garder le peu de contenance qui me restait.

– Merde, Miron ! Je suis juste au-dessus de toi. Grimpe !

Kaczki m'observait d'un air amusé, juché sur la branche d'un énorme chêne. Il s'était laissé pendre la tête en bas, ne se retenant que de ses genoux pliés.

– Dépêche-toi, il va falloir rentrer bientôt, monte donc !

Je le rejoignis en souplesse. J'étais mauvais à la course, mais pour grimper aux arbres, je ne donnais pas ma place. Je m'installai et contemplai le panorama par-dessus les frondaisons. On avait une vue imprenable sur l'intérieur du Séminaire, la cour en U entourée de ses bâtiments austères au crépi sombre, l'étude, les escaliers des pères et son parvis qui menait à leurs appartements, le terrain de football, l'allée des marronniers, le père Job, doyen et surveillant général qui faisait sa ronde dans l'allée...

– Sainte-Anne-de-Beaupré ! T'as vu le surge ? demandai-je catastrophé. On dirait qu'il nous cherche.

– T'affole pas ! Le surge termine toujours sa ronde par l'allée des marronniers, c'est pas à son âge qu'il va changer ses habitudes ! Tu vas voir, il va finir sa balade en passant par l'étude. Qu'est-ce que t'as dit au début de ta phrase ?

– Rien de spécial... pourquoi ?

– Si... t'as dit quelque chose comme « satanembourbé »...

– Ah, ça ? C'est les Indiens qui disent ça, ça veut dire... merde alors ! ... en quelque sorte.

Je fis mine de ne pas attacher d'importance à ma façon de parler, mais je savais bien que j'avais interpellé mon compagnon d'aventures.

– Ben merde alors ! souffla-t-il impressionné, tu veux dire que tu parles l'indien ?

– Ben oui ! Je comprends pas tout, mais je me débrouille. En fait, j'étais comme un fils adoptif pour mes amis indiens, j'allais souvent en forêt avec eux.

Kaczki se gratta l'occiput.

– Mais alors, t'étais pas perdu tout à l'heure... si t'as l'habitude d'aller dans les bois avec les Indiens, tu sais reconnaître des pistes !

– Tu veux rire ou quoi ? Moi perdu en forêt ? Je suis pratiquement né en forêt ! Quand j'étais pas à la chasse avec mes amis indiens, je grimpais dans les arbres pour faire couler l'eau d'érable plus vite.

— L'eau d'érable ? Qu'est-ce que c'est que ça ? me demanda-t-il en roulant des yeux.

— Ben c'est avec ça qu'on fabrique le sirop… T'as jamais bu de sirop d'érable on dirait.

— J'ai jamais bu de l'eau qui coulait d'un arbre !

— Bon, un jour je te montrerai comment on fait. C'est un secret des guerriers indiens que je ne dois pas dévoiler, mais je ferais une exception pour toi. Y'a une légende indienne qui raconte que si tu bois l'eau des arbres, un jour tu deviendras comme un arbre.

— Avec des feuilles qui vont te pousser au cul ?

— Non, tu deviens totalement invisible en forêt, comme les guerriers indiens…Kaczki me fixa bizarrement, délaissant un instant sa superbe de chef de bande pour afficher sans vraiment s'en rendre compte, une expression d'intense bonheur.

Il allait être dans le secret des Indiens des Amériques…

— Tu sais que moi je suis un Cosaque…

Il plissa les yeux pour accentuer son air slave. Depuis que le père Carle, le prof d'histoire, avait annoncé devant toute la classe que Kaczki avait probablement des origines russes compte tenu de son nom et de sa stature, ce dernier avait décidé et proclamé qu'il descendait des cavaliers Cosaques. Kaczki prenait son rôle très au sérieux.

Afin d'entretenir le mystère, il avait poussé l'exercice jusqu'à inventer un vocabulaire inédit : l'oseille sauvage était devenue de la tsampa, les œufs des zocks, un cheval, un patski et une vache, une letski. Personne n'osait mettre en doute ses affirmations, Kaczki mesurait deux têtes de plus que le plus grand d'entre nous et il était costaud comme un ours, ce qui tuait toute suspicion dans le zocok.

— Je le sais bien…
— Comment ça tu le sais bien ?
— Ben j'ai bien vu que tu connaissais bien la forêt alors avec ton nom et ta carrure…

Kaczki buvait de l'eau d'érable tiède dans le creux de ma main. Nous ressentions tous ce besoin étrange de nous identifier à un ordre différent, à quelque chose de plus proche de notre idéal de gamins. Quelque chose qui nous emporterait loin de notre sombre réalité, nous, enfants de la guerre.

La guerre, on l'entendait parfois vers l'ouest quand le temps était clair et le vent calme. De l'horizon montait alors, si on y prêtait attention, la sourde rumeur du canon, martèlement inquiétant d'un orage lointain que l'on écoutait la bouche ouverte et les yeux dans le néant.

Kaczki observait attentivement la cour centrale. Quelque chose semblait le tracasser.

— Y'a un problème ?
— Non, mais va falloir rentrer dare-dare.

Il se laissa glisser le long du tronc comme une couleuvre et sauta à terre. Il se tourna vers moi, l'air tendu.

— On rentre. Toi, tu cours en silence en me collant aux basques comme de la merde au cul. Vu ?
— Vu. Qu'est-ce qui se passe ?
— Le Chat est dans le bois.
— Le Chat ?
— Le Père Janin… C'est un sournois et il est rapide en forêt. Très rapide.

Kaczki avait du mal à dissimuler sa nervosité, le Chat lui faisait peur. Très peur. Son angoisse ne tarda pas à me gagner, après tout, je n'avais aucune expérience des sorties hors limites et cette expédition initiatrice pouvait fort bien virer en eau de boudin, tout ça à cause d'un Chat qui faisait perdre son sang-froid à mon guide en chef.

Il y avait de quoi s'angoisser.

Il y avait deux choses qui me turlupinaient : une boule d'angoisse à l'estomac et une furieuse envie de pisser qui me durcissait l'abdomen.

Une sortie hors limites était une véritable aventure. Il y avait des points d'entrée et de sortie, chacun avec son mode opératoire minutieusement organisé. Pistes qui n'étaient visibles qu'à ceux qui les empruntaient, cachettes sous les frondaisons, signes cabalistiques, repères cardinaux, tous ces éléments réunis rendaient pratiquement imprenables ceux qui les maîtrisaient. Appréhender cette mécanique complexe nécessitait, en revanche, un apprentissage au cours duquel le courage était rudement mis à l'épreuve. Le test final était la sortie aux vannes, périple long et difficile qui, si vous en reveniez, vous assurait l'intégration définitive dans le cercle très fermé de la bande à Kaczki.

Il était formellement interdit de sortir hors des limites du Séminaire. C'était une règle établie que nul n'était supposé transgresser sous peine de punition très sévère. Les limites clairement énoncées, Kaczki et sa bande avaient développé une science de l'escapade qui jusqu'à ce jour avait merveilleusement fonctionné.

Exacerbés par l'interdit, ces moments de liberté n'en étaient que plus intenses.

Ma vessie me gênait dans ma course, mais je serrais les dents et endurais la douleur sans broncher. Nous approchions de l'enceinte du Séminaire, on distinguait maintenant les voix des élèves dans la cour et le parc. Kaczki s'allongea sous un sapin dans la bordure qui longeait le terrain de football. Deux rangées de conifères délimitaient le début ou la fin, suivant le bord où on se trouvait, de la zone hors limites. Nous étions allongés, tapis sous les branches basses, Kaczki fouillait le terrain du regard. Il cherchait quelqu'un. Il me chuchota à l'oreille.

— Avant la guerre y'avait plus de monde, c'était plus facile pour sortir, mais maintenant... Tu vois Niquet et Poitras toi ?

— Je vois rien à cause des branches.

— Regarde, les voilà qui arrivent. Ils vont envoyer leur ballon de foot derrière la rangée de sapins. Toi, tu auras juste à aller le chercher et sortir comme si de rien n'était. T'as été chercher un ballon dans les sapins, c'est tout...

Kaczki scrutait toujours les environs, il semblait vraiment nerveux.

— Y'a encore quelque chose qui va pas ?

— Toujours le Chat. Il devrait être dans la cour, la cloche va bientôt sonner, c'est pas normal.

— Sainte Anne, qu'est-ce qu'on va faire alors ?

— Fais comme je t'ai dit, ça devrait aller.

Il y eut un bruit dans la deuxième rangée de sapins, à quelques mètres de nous. C'était le ballon de foot, tiré un peu loin... J'allai me lever quand la main de Kaczki me plaqua au sol, les muscles de son bras tremblaient.

— Le Chat, à côté du ballon.

Je n'en pouvais plus, fallait que je me soulage, ma vessie était sur le bord d'exploser, avec toutes ces émotions ce n'était plus tenable.

La chaleur de l'urine enfin libérée se répandit sur mon bas-ventre et le haut de mes cuisses comme une crue de printemps, une vraie fontaine.

Une ombre glissa hors des frondaisons et se dirigea vers le ballon.

Cette silhouette immense et silencieuse, c'était le Chat qui s'était saisi de notre ruse qu'il avait éventée. Il attendait, patience et longueur de temps allaient bien le servir, la cloche allait sonner et il fallait bien qu'on sorte pour aller à l'étude.

On était faits comme des rats.

En fait de Chat d'ailleurs, l'image d'un tigre lui aurait mieux collé vu la stature immense du père Janin. Il se déplaçait avec une démarche souple, féline, ce qui lui avait valu son surnom. À ce qu'on disait, il avait appris des choses étranges quand il était missionnaire au Japon.

Un jour, au très petit matin, je l'avais vu par la fenêtre du dortoir. Il se déplaçait étrangement, les pieds dissimulés sous sa soutane de sorte qu'il semblait flotter au-dessus du sol. Il remontait l'allée des marronniers, agitant son bâton de marche avec des circonvolutions d'une fluidité impressionnante. Son étrange gourdin terminait invariablement sa course en claquant sèchement contre les troncs d'arbres séculaires.

Ce petit matin, j'ai découvert un Chevalier… qui lévitait pour se battre contre des marronniers qu'il enlaçait après chaque estocade, comme une excuse auprès des arbres. Il alignait force et compassion dans ce geste circulaire et fluide, Saint Georges terrassant le dragon, mais lui laissant la vie sauve…

Ce matin, j'adoubai le Père Janin et le fis Chevalier des Arbres.

Le Chat avait passé le bas de sa soutane dans son ceinturon de cuir. Il se préparait pour la course, la cloche allait sonner et avec elle, l'appel des élèves.
Nous allions assurément sortir.
Il avait fière allure le Chat, pieds nus dans ses sandales, la soutane relevée sur ses mollets poilus, prêt à bondir sur ses proies.
Un prédateur. Je comprenais maintenant pourquoi Kaczki tremblait, il semblait impossible d'échapper à ce traqueur, je compris également que le Chat était joueur, j'avais comme l'impression qu'il savait parfaitement où nous nous trouvions et qu'il s'en amusait.
Je regardai ma montre, il nous restait cinq minutes avant la cloche.

Soudain, le ciel se mit à trembler. D'une sourde vibration, le bruit s'amplifia pour devenir un grondement épouvantable qui nous terrifia autant que le jour où la foudre était tombée sur le mât des couleurs, en plein milieu de la cour.
C'étaient les avions.
Le père Janin se rua vers la cour en criant à tous de se rendre aux abris. Nous les abris, on pouvait pas y aller… Kaczki me secoua en me hurlant aux oreilles, le visage décomposé par la peur.
— On fonce à la grotte, on fonce à la grotte !
Ce que tout le monde appelait la grotte était en fait l'ancienne glacière du Séminaire, transformée en calvaire. Les murs étaient épais et on y entrait accroupi par une petite ouverture sur le côté.

C'était du solide.

Kaczki avait une peur bleue des avions. Son village en Lorraine avait été bombardé, la ferme de ses parents détruite. Ses grands-parents tués. Il tremblait de tous ses membres. Je m'approchai de lui et le pris par les épaules.

– C'est rien, ils ne vont pas nous bombarder, ils sont beaucoup trop bas.

– Tu… tu crois ?

– J'en suis sûr.

– Comment tu peux en être sûr ?

– Mon père pilote un Lancaster[1], je vous l'avais dit, mais vous m'avez pas cru. C'est les mêmes avions au-dessus de nous.

Kaczki se calma à mesure que le bruit des bombardiers s'estompait. On entendait encore les chasseurs d'escorte, mais ils étaient à haute altitude. Rien d'inquiétant. Si la musique des bombardiers sonnait comme un tambour de guerre, les chasseurs en étaient les fifres.

On sortit enfin de la grotte, on avait tous les deux les culottes mouillées… On marchait penauds dans l'allée des marronniers quand une voix nous interpella. C'était le Chat, le tigre, le père Janin, le Chevalier des Arbres aux mollets poilus, le géant tout en muscles et il nous appelait, nous ! Certain qu'il nous avait vus sous les sapins et qu'il allait nous hacher menu.

– D'où sortez-vous ? Vous n'étiez pas dans l'abri !

Il s'adressait à nous deux, mais ne regardait que moi.

– On était au fond du parc…, commença Kaczki.

Le père l'interrompit d'un geste.

---

1 Bombardier Lancaster : bombardier quadrimoteur anglais ou canadien.

— Je t'écoute Miron, explique-moi pourquoi vous n'avez pas réussi à vous rendre à l'abri, comme tout le monde.

— Ben c'est que… on était au fond du parc quand les avions sont arrivés, on a eu peur de ne pas pouvoir nous rendre à l'abri, alors on s'est cachés dans la grotte.

— Pourquoi vos culottes sont trempées ?

— Il y avait de l'eau dans le passage, mon père.

Il nous dévisagea sans rien dire, l'espace d'une seconde, je croisai son regard, je crus y voir une sorte de petite flamme noire qui dansait dans ses yeux.

— Rejoignez les autres à la chapelle.

Il descendit sa soutane sur ses mollets, fin de l'aventure.

Kaczki poussa un gros soupir de soulagement et nous rejoignîmes les autres dans la chapelle pour l'office. Tous nous dévisageaient avec des mines étonnées, la plupart se doutant bien que nous étions hors limites quand les avions étaient arrivés. Tous avaient également remarqué notre absence dans l'abri et le regard noir du Chat.

Un voile de mystère nous enveloppa Kaczki et moi et nous nous en couvrîmes avec délectation. Nous n'avions pas l'air d'avoir été punis et comble, nous affichions tous les deux un air arrogant de vainqueurs, ce qui épaississait l'intrigue.

Kaczki marmonna entre ses dents sans me regarder.

— Ça sent la pisse !

— Tu sais finalement, c'est que de la sueur, quand on y pense.

— Ouais, quand on y pense…

Je m'adossai au banc de bois sans pour autant y trouver un quelconque confort. Existe-t-il des bancs d'église confortables ? Malgré tout, j'ai commencé à cogner des clous et sombrai dans une sorte de torpeur, les yeux grands ouverts.

Tout avait été tellement vite...

Mon père pilote de brousse qui disparaît corps et âme dans le Grand Nord québécois, ma mère qui meurt d'une maladie aussi étrange qu'inconnue, elle était comme morte de chagrin et il n'y a avait pas de médicaments pour ça.

Ma tante Diane qui m'accueille en France... les Allemands... l'oncle Jacques... et me voilà, moi, petit juif québécois de treize ans, qui rejoins ce Séminaire des enfants perdus.

– Miron ! Miron, mais tu dors les yeux ouverts, ma parole !

C'était Kaczki qui me secouait comme un prunier. La messe était finie et la file des élèves serpentait déjà dans la cour pour se diriger vers le réfectoire. Les gars de la bande ne tardèrent pas à nous bombarder de questions, mais le Cosaque réclama le silence en levant la main avec emphase.

– Les gars, Miron c'est un vrai ! J'ai bien essayé de le perdre comme on avait dit, mais il connaît bien la forêt, à cause des Indiens d'Amérique...

Il baissa le ton, il s'agissait de confidences extraordinaires.

– ... ils lui ont même appris à faire sortir de l'eau des arbres, mais ça, c'est un secret...

Niquet, le plus scientifique de la bande s'interrogea.

– Et pourquoi ils font couler l'eau des arbres les Indiens d'Amérique ? Peuvent pas la prendre dans les lacs et les rivières ?

— C'est pas la même eau, face de pet, l'eau des arbres, elle est magique ! Ils font du sirop que si tu en bois, tu deviens comme les arbres.
— ?
— Invisible.
Il y eut un silence dubitatif chez les gars de la bande.
— Pis si vous ne me croyez pas, vous avez qu'à demander à Miron !
Les regards se tournèrent vers moi.
— Je t'avais dit que c'était un secret Kaczki. Mais bon, un jour, je vous montrerai comment on fait le sirop des arbres.
— Et on va devenir invisibles ?
— Oui, mais ça prend beaucoup de temps, au début tu seras juste moins visible.
— T'en as déjà bu toi, de l'eau qui rend invisible ? me demanda Niquet à qui on ne la faisait pas comme ça.
— Certain que j'en ai déjà bu, qu'est-ce que tu crois !
— … et t'es devenu invisible…
— Disons que je suis devenu un peu plus transparent, pas complètement invisible. Faut quand même en boire beaucoup de l'eau des arbres pour être totalement invisible et puis il y a le risque…
— Le risque…
— De disparaître complètement, faut quand même être prudent. Y'a des Indiens qu'on n'a jamais revus. Évaporés.
— …

Kaczki décida que j'avais assez brodé sur l'histoire d'eau d'invisibilité et raconta par le menu l'épisode du Chat hors limites, la grotte, les avions et mon père pilote de Lancaster. Kaczki attira ses compères à l'écart, il fallait deviser de mon avenir dans la bande.

Je fus admis à l'unanimité, mon sirop indien et la perspective de se balader hors limites ni vu ni connu, les avaient définitivement convaincus. Cependant, j'imposais une condition, ma nouvelle situation me le permettait.

— Pourquoi on s'appellerait pas par nos prénoms, ça ferait plus... copains de la même bande, non ?

Ma demande sembla les interloquer. Tout le monde au Séminaire s'appelait par son nom de famille.

— Ça ferait une différence, comme une sorte de code à nous, ajoutai-je.

— Ça, c'est une bonne idée d'avoir un code à nous, décida Kaczki.

Le Cosaque avait tranché, les autres suivirent comme d'habitude.

Poitras s'approcha de Kaczki et moi.

— Dites les gars, vous sentez pas un peu le pipi de chat vous deux ?

Kaczki le regarda très sérieusement et lui répondit d'un air pincé.

— C'est qu'on a pas mal transpiré aujourd'hui mon petit vieux, et vois-tu, la transpiration, c'est...

— ... de la pisse ! m'exclamai-je.

2

Le Séminaire

Le dortoir était une vaste pièce qui sentait le renfermé et la poussière. Les murs de côté étaient percés de quatre immenses fenêtres à espagnolette, drapées de lourds rideaux noirs défraîchis. J'ai tout de suite pensé aux entrées de salon mortuaire, j'en avais vu pas mal pour mon âge. Au mur qui donnait sur les escaliers s'alignaient dix lavabos à un seul robinet.

Il n'y avait pas d'eau chaude au Séminaire, pas de douches non plus.

À droite de la porte principale, un petit judas qui donnait sur la cellule du père avait été installé. Il fallait se méfier de cette lucarne qui s'ouvrait silencieusement et permettait de surveiller le dortoir à la faveur d'une pénombre complice.

Il était interdit de parler à voix haute dans le dortoir. On devait se déshabiller en silence, enfiler nos chemises de nuit et remplir les lampes à pétrole et le poêle à charbon en hiver. Aucune lumière ne devait être allumée avant que les rideaux ne soient tirés, à cause des avions.

Avant le coucher, le père entrait cérémonieusement, nous devions alors nous tenir devant nos lits pour la prière. Le curé frappait deux fois des mains et nous récitions en cœur un notre père suivi d'un je vous salue Marie. Après les prières, nous nous couchions dans nos lits de fer et le père y allait de ses vœux de bonne nuit. Toujours les mêmes.

– Bonne nuit les canailles, je veux un silence de trappiste !

Je me pelotonnais alors dans mes couvertures, moment rare d'intense volupté, et étirais mes jambes pour chauffer chacune des parties froides de ma couche. En hiver c'était laborieux, le poêle au charbon petit et poussif ayant bien du mal à chauffer une pièce aussi vaste. Pour se réchauffer, il fallait alors glisser sa tête sous les couvertures, au risque de s'étouffer.

Engoncé dans mes draps de coton rêche, je m'envolai dans mes pensées.

Mon père avait décidé d'émigrer au Canada pour fuir une autorité paternelle bornée... et piloter des avions de brousse. Plus que tout, il aimait voler. Il aimait les grands espaces et l'aventure au point de partir des semaines entières dans les endroits les plus reculés du Québec, surtout dans le Grand Nord. Principalement, il amenait des médicaments aux villages inuits isolés de la baie James jusqu'aux monts Torngat. Des rotations difficiles, souvent dangereuses, la météo ayant souvent eu le dernier mot avec des pilotes chevronnés comme mon père.

Un matin, on l'a envoyé livrer de la pénicilline à un enfant très malade à Kangiksuallujjuak, un village inuit très au Nord. La météo n'était pas bonne, mais l'enfant se mourait d'une infection pernicieuse. Il lui fallait absolument de la pénicilline. Mon père y est allé alors que les autres pilotes avaient refusé de voler. Il a livré le médicament, mais il n'est jamais revenu. On ne les a jamais retrouvés lui et son avion. Une tempête de blizzard dans les monts Torngat les avait engloutis.

Ma mère, déjà fragile, ne s'en était pas remise. Je l'ai vue dépérir petit à petit et un matin, le curé du village est venu me chercher à l'école de Baie-St-Paul.

J'avais compris.

Je n'avais plus de famille au Québec et j'avais treize ans.

On m'envoya au Consulat de France où un fonctionnaire zélé décida de me renvoyer en vieille Europe. Tout le monde savait ce qui arrivait aux Juifs en France et je me demande encore aujourd'hui si l'employé consulaire avait pris sa décision en toute connaissance de cause.

Je fus envoyé chez ma tante Diane, la sœur de ma mère. Elle disait à qui voulait bien l'écouter que j'avais besoin d'une vraie famille, que mon père était un aventurier sans vergogne et qu'il fallait bien qu'un jour arrivât ce qui devait arriver. Évidemment, elle et l'oncle Jacques allaient bien s'occuper de moi, comme dans une vraie famille respectable.

Elle se trompait.

Jusqu'en avril 1944, je restai chez eux. Tante Diane me faisait l'école chaque matin et l'après-midi, j'accompagnais mon oncle qui avait été réformé à cause de ses poumons fragiles, pour les travaux du jardin. Il cultivait quelques parcelles de légumes et des patates, mais surtout, on allait plus souvent qu'autrement, nous balader dans les bois chercher des champignons. Je pense maintenant qu'il était mieux dans ses légumes et ses forêts qu'à écouter les litanies de la tante à longueur de journée.

J'avais retrouvé un peu de joie de vivre avec eux, même si souvent je pleurais silencieusement dans mon lit quand je pensais aux Noëls à Baie-St-Paul.

La vie s'écoula, assez tranquille, somme toute, jusqu'au milieu du printemps. L'oncle Jacques s'absentait toutes les nuits. Il me disait qu'il allait à la pêche à la lampe, que c'était un secret à ne dévoiler à personne, à cause du garde champêtre. Un jour je lui ai demandé pourquoi il ne ramenait jamais de poisson et qu'il prenait son fusil pour aller à la pêche…

Le regard de l'oncle Jacques s'est assombri puis il m'a pris dans ses bras en poussant un gros soupir.

– Tu sais Lucien, il y a des choses que je ne peux pas te dire, que tu ne peux pas comprendre… ou plutôt, que tu ne dois pas savoir. Pour ton bien.

– C'est pour ça que je dois cacher mon vrai nom ?

– Oui c'est pour ça Lucien. Ne me demande pas pourquoi le monde est devenu fou, je ne pourrais pas te l'expliquer. Fais-moi confiance c'est tout ce que je te demande.

Moi, je ne demandais pas mieux que de lui faire confiance…

Une nuit, l'oncle Jacques ne revint pas. Au petit matin, deux hommes en veste de cuir et portant des fusils de chasse comme celui de mon oncle sont venus frapper à la porte de ma tante. Tante Diane s'effondra sur les dalles de pierres de la cuisine en criant, un des hommes se mit à pleurer aussi, mais en silence.

Je compris que je n'irai plus jamais aux champignons avec l'oncle Jacques.

Le lendemain matin, un camion de livraison de fruits et légumes est venu nous chercher. Ma tante, les yeux rougis et gonflés par une nuit de larmes me prit dans ses bras.

– Mon Lucien, il faut que tu sois fort. On va te laisser chez les pères, ils vont te protéger. Surtout, promets-moi de ne jamais, je dis bien jamais, révéler ton vrai nom à quiconque. Tu t'appelles Lucien Miron, oublies l'autre nom !

— C'est promis ma tante, et pour l'oncle Jacques ?
Elle éclata en sanglots en se détournant.
— Ils ont tué l'oncle Jacques, Lucien, tu comprends, ils l'ont tué !

Son visage était inondé de larmes. Pauvre tante Diane, j'avais envie de la prendre dans mes bras et de lui mentir que tout aller bien se passer, mais je la regardais, impuissant, et me détournai pour ne pas chialer comme une Madeleine à mon tour.

Ils me laissèrent au Séminaire Saint-Vincent de Paul. Quand le camion de légumes tourna le coin du bâtiment, je sentis l'énorme boule que je ne connaissais que trop bien, grossir au fond de ma gorge. Je ne pouvais pas me permettre de fondre en larmes devant tous ces inconnus qui me dévisageaient dans la cour. Je me construisis immédiatement un solide personnage d'Iroquois, c'est connu les Iroquois ne pleurent jamais, ils souffrent en silence. Ce sont les plus redoutables guerriers de tous les temps, et je suis un des leurs. S'il le faut, je mourrai bravement sans verser une larme !

Une voix grave interrompit ma divagation.

— Bonjour, Miron, je suis le père Janin. Suis-moi, j'imagine qu'un goûter te ferait le plus grand bien, n'est-ce pas ?

Le père saisit le sac marin qui contenait tout ce que je possédais, et je le suivis sans broncher. Il émanait de lui une sorte de force tranquille, pas uniquement à cause de sa stature imposante qu'on devinait féline et souple sous sa soutane, non, il se dégageait du père une sorte d'assurance qu'avec lui, rien ne pouvait nous arriver. Il était présent pour nous et si vous pouviez soutenir son étrange regard l'espace d'un instant, vous auriez pu y voir toute la bonté du monde.

Je l'ai vue de mes yeux.

Le père prit place à une table et m'invita d'un geste à en faire autant. Un personnage à l'allure simiesque sortit des cuisines et se dirigea vers nous à petits pas. Sa lèvre inférieure pendait et un filet de bave lui dégoulinait le long du menton. Il portait une paire de lunettes à monture d'écaille monstrueuse avec deux culs de bouteilles en guise de verres correcteurs. Par effet de loupe, ses yeux démesurément grossis semblaient jaillir de leurs orbites. L'homme bredouilla quelque chose au père qui lui répondit qu'il voulait du pain et du café.

— C'est Germain Trotte-Menu, il est simple d'esprit, il nous aide beaucoup ici.

Trotte-Menu apporta deux bols fumants de la cuisine et une miche de pain noir.

— Tu as faim ?

Je n'osais pas parler, mais j'avais une faim de loup.

— Tu as perdu ta langue ?

— Non m'sieur…

— Tu peux dire mon père, corrigea-t-il d'une voix douce.

— Non mon père, je n'ai pas perdu ma langue et… oui j'ai très faim.

Le père coupa deux tranches de pain noir et poussa un bol de café vers moi. J'en bus une gorgée et grimaçai.

— C'est de l'orge. On a plus de vrai café depuis un bout de temps. Tu t'y habitueras.

Il se pencha vers moi.

— Il faut que sache une chose : tous les pères sont au courant de ton histoire. Ils connaissent ton vrai nom aussi. Il y a seulement deux personnes qui ne savent rien : Trotte-Menu, tu comprends pourquoi…

Il marqua une pause en buvant une gorgée du liquide brûlant.

— L'autre personne, c'est le directeur. Tu le rencontreras ce soir. Méfie-toi de lui, c'est un pétainiste, ce qui en fait un homme très dangereux pour toi. S'il soupçonnait quoi que ce soit à ton encontre, ce serait une catastrophe. Me comprends-tu ?

— Oui m'sieur… pardon, oui mon père.

— Même à tes meilleurs amis, jamais tu ne dévoileras ton secret, jamais.

— Je vous le jure, mon père.

— Ne jure pas s'il te plait.

Le père resta un moment à me dévisager, une étrange petite flamme noire brillait au fond de ses yeux.

— Je vais te montrer ta place au dortoir et à l'étude, ensuite tu te présenteras au père Cuvelier, ton professeur de français et ton surveillant de dortoir.

Il se leva et fit signe à Germain Trotte-Menu de débarrasser.

3
Conseil au sommet

Les feux venaient de s'éteindre dans le dortoir, il fallait attendre encore une bonne heure avant de bouger, le temps que le père surveillant tombe dans les bras de Morphée. La bande avait rendez-vous pour préparer nos prochaines aventures.

Robert Lefur, mon voisin de droite, avait déjà disparu dans son univers. C'était un des rares élèves à oser s'aventurer seul hors limites. Lefur avait une installation incroyable sous son lit. Chaque soir, il laissait déborder draps et couvertures pour qu'ils tombent au sol. Il se glissait alors sous son sommier et arrangeait le tout en un rideau opaque, à l'abri des regards indiscrets. Il avait bricolé une lanterne avec une petite boîte de conserve percée et un morceau de cierge piqué à la Sacristie. Chaque soir, il bouquinait laborieusement Le dernier des Mohicans en suivant les lignes de l'index, la langue pendante. Lefur était lent. Très lent. Il n'avait pas été accepté dans la bande pour ce problème majeur, Marcel Ricot n'était déjà pas rapide alors avec Robert Lefur à se coltiner en plus…

Kaczki, avait été catégorique.

Je me glissai hors de mon lit et rampai avec d'infinies précautions vers le monde secret de Lefur. La vétusté du plancher de bois brut nous obligeait à adopter une reptation laborieuse afin d'éviter de nous retrouver avec les genoux et les coudes criblés d'échardes.

Je soulevai un coin des draps de Robert.
— Ça va ?
— Non !
— Qu'est-ce t'as, tu fais la gueule ?

Il souffla sa bougie et referma son livre brusquement.

— Je vous ai vus hors limites cet après-midi. Si vous continuez à faire les cons, y'aura plus une seule sortie sûre avec vous !

Il avait vraiment l'air en colère. Le drap se souleva à côté de moi et la tête de Denis Kaczki apparut.

— Exagère pas Lefur, Miron s'est bien débrouillé dans le bois cet après-midi.

— Peut-être, mais je vous signale que le Chat vous pistait depuis un bout de temps. Il a fait semblant de ne pas vous voir parce qu'il était juste derrière vous à vous suivre jusqu'à la sortie des sapins. S'il avait voulu, il vous foutait le grappin dessus en moins de deux.

— Kaczki resta sans voix, malgré l'obscurité, il me sembla le voir blêmir. Les têtes de Niquet et Poitras émergèrent de l'autre côté du lit. Ricot ne s'était pas réveillé, comme d'habitude.

— T'es certain de ça Lefur ? reprit Kaczki, c'est grave ce que tu dis là, alors fais bien attention de ne pas raconter de conneries juste pour nous faire chier.

— J'étais dans ma planque, sous les fougères, le Chat est passé juste devant moi et toi t'étais en train d'essayer de perdre Miron, je t'ai vu grimper dans l'arbre. C'est des conneries ça ?

Cette histoire commençait à me turlupiner.

— Et pourquoi le Chat nous aurait-il suivis sans nous attraper ?

— Pour repérer nos planques, nos sorties principales et celles de secours, voilà pourquoi ! Et quand il les connaîtra toutes, il les montrera aux autres et un jour qu'on sera tous dehors, ils nous choperont comme des rats.

Lefur était hors de lui. Kaczki décida d'une sortie aux vannes dès le lendemain pour discuter de la situation dans un coin tranquille, à l'abri des pères. Robert Lefur fut convié, privilège qu'il sembla accepter avec bonheur, il allait accompagner la bande. Kaczki et moi regagnâmes nos lits avec des mouvements de caméléon, à cause des échardes.

— Pourquoi tu lui parles toujours en gueulant à Lefur ? Faut tout de même avouer qu'il est bon en camouflage, on dirait même qu'il a bu un peu de sirop des arbres... Tu l'avais vu toi ?

— Bien sûr que je l'avais vu ! Qu'est-ce que tu crois ?

— En tout cas, moi je pense que si on apprenait les techniques de camouflage de Lefur, ben on s'en sortirait beaucoup mieux. Même le Chat ne l'a pas vu, je te signale.

— Toi Miron, tu te crois plus malin que les autres avec ton accent et tes Indiens, mais c'est pas toi qui décide ! Lefur est une plaie hors limites, avec lui on est certain de se faire pincer. Il est lent comme pas deux et avec Ricot qui est déjà pas rapide...

— À quoi ça sert d'être rapide quand tu as de bonnes planques ? Le Chat ne l'a pas vu alors que nous...

— Tu m'emmerdes Miron !

Très énervé, il rampa vers son lit beaucoup trop vite, délaissant les précautions d'usage.

— Aïe, merde !

Il avait pratiquement gueulé quand une écharde longue comme une aiguille lui était rentrée dans le coude. Immédiatement le judas s'ouvrit, on devinait sans le voir le regard du père qui fouillait la pénombre. J'essayai de me fondre dans le parquet, le plus plat possible, avalant la poussière qui me chatouillait les narines.

J'éternuai bruyamment, me surprenant moi-même. Le judas claqua sèchement, nous n'avions que quelques secondes avant que le père n'entre au dortoir avec sa lampe électrique. Nous bondîmes dans nos lits alors que la porte s'ouvrait sur le faisceau de lumière de la lampe de poche.

C'était moins une.

Le rayon inquisiteur s'arrêta sur le visage de Kaczki. Le Cosaque poussa la comédie jusqu'à émettre un soupir contenté de dormeur. La lampe se dirigea vers moi alors que je venais à peine de fermer les yeux, mais j'affichai mon visage d'innocent, l'imbécile heureux dans son premier sommeil.

Quand j'ai voulu signifier à Kaczki qu'on avait eu chaud au cul, il ne m'a pas répondu.

Il dormait profondément.

4
Les vannes

Le chemin des vannes était long et périlleux. D'abord il fallait passer l'obstacle du tronc au-dessus du bras mort de la rivière. Le tronc n'était pas large et branlait dangereusement au-dessus de cette fange nauséabonde.

Nous avions tous convenu que celui qui tombait là-dedans disparaîtrait à jamais dans ce cloaque visqueux aux profondeurs abyssales. Une fin atroce dont la perspective nous faisait serrer les fesses à chaque traversée.

De l'autre côté du bras mort, c'était l'île.

Une vraie petite île avec le bras mort d'un côté et la rivière bien vivante de l'autre. C'était notre quartier général d'été, notre refuge dans lequel nous cachions nos réserves de clopes et de biscuits de guerre.

Pour continuer vers la piste des vannes, il fallait traverser la grande forêt. Mais il n'y avait plus de sentier, seul Kaczki savait interpréter ce chemin défendu et il ne se trompait jamais.

D'autres s'étaient essayés à trouver cette voie secrète, mais s'étaient perdus dans les profondeurs de la forêt maléfique. Il avait fallu une expédition des pères pour les retrouver.

Kaczki ordonna l'arrêt d'un geste de la main. Les vannes et leur mystère étaient là devant nous. Il s'agissait en fait d'un petit barrage de pierre percé en son centre d'une porte de bois qui s'ouvrait avec un système de crémaillère, pour irriguer les champs. D'un côté l'eau était plutôt calme, mais de l'autre, l'eau bouillonnait furieusement. Chacun se concentrait sur l'étroit muret que nous devions franchir et qui ne mesurait guère plus de quinze centimètres de large.

Denis s'avança, les traits tendus.

— Bon j'y vais le premier, quand faut y aller, faut y aller.

Il grimpa souplement sur le muret, étendit les bras comme un équilibriste et s'avança précautionneusement vers l'autre rive.

— Dites les gars, pourquoi on est obligés de traverser ce barrage ? On serait pas mieux de ce bord ?

— De l'autre côté, on est peinards, me répondit Serge Poitras sans quitter le petit muret des yeux, les curés sont trop vieux pour passer là-dessus.

Au beau milieu du muret, Denis Kaczki chercha son équilibre. Il resta un instant comme suspendu, les bras écartés, la jambe droite dans le vide comme contrepoids. Il pencha dangereusement vers les gros bouillons, tout le monde retenait son souffle, on ne pouvait pas nous permettre de le perdre.

Nous n'aurions pas été capables de revenir.

Robert Lefur et Serge Poitras traversèrent précautionneusement, lentement, très lentement, surtout Robert. Henri Niquet fit le signe de croix avant de passer, c'était du sérieux car même à l'église, il ne se signait jamais. Vint le tour de Marcel Ricot, il avait soigneusement laissé passer les autres pour retarder l'inévitable jusqu'au dernier moment. Il grimpa sur l'étroit muret et avança pas à pas. Il ne quittait pas ses pieds des yeux et s'était mis à trembler comme une feuille. Marcel avait franchi la moitié de la digue quand il perdit l'équilibre et tomba à califourchon sur le muret. J'eus mal pour lui, de grosses larmes roulaient sur ses joues.

Pitoyable.

Je sautai sur le barrage pour le rejoindre en deux enjambées.

— Ça va aller Marcel, tu vas te relever, mais cette fois, au lieu de regarder tes pieds, tu vas regarder droit devant toi.

— Mais, si je regarde devant moi, j'vais pas savoir où j'mets les pieds et si j'vois pas où j'mets les pieds, j'vais encore m'exploser les cacahuètes sur le parapet…

Marcel se massait l'entrejambe, ça avait frappé fort sur le muret de pierre. Il suait abondamment et râlait comme un moribond alors que nous n'étions qu'à la moitié du périple.

— Écoute Marcel, fais ce que je te dis, fais-moi confiance et tout ira bien. Je te suis juste derrière toi, tu as juste à regarder droit devant toi.

Il leva la tête et progressa d'une traite pour sauter comme un cabri sur l'autre rive. Nous fûmes tous les deux accueillis par des hourras et des claques dans le dos. Marcel Ricot était encore blême de s'être méchamment rétamé les parties, mais il était passé, et c'était grâce à moi.

Nous suivions toujours Kaczki à travers la forêt qui s'était un peu éclaircie. Je me laissais caresser par les branches d'arbres et les fougères, m'imprégnant de leur odeur et de cette énergie que l'on peut sentir lorsque la nature laisse libre cours à ses débordements de sève, de bois et de terre.

Comme à Baie-St-Paul…

Nous déboulâmes dans une petite clairière. Le sol était tapissé d'une mousse vert tendre, parsemée çà et là de violettes sauvages. Un rai de soleil traversait les frondaisons, ce qui ajoutait une touche fantastique au tableau déjà magnifique, comme dans les contes.

Nous étions arrivés.

Denis prit la parole, comme d'habitude.

— Bon, il paraîtrait que le Chat nous a observés Lucien et moi, hier hors limites. Il nous a observés, mais il nous a pas coursés et ça, c'est pas normal.

— Peut-être qu'il était pas en forme, avança Serge Poitras.

— Le Chat pas en forme ? Tu rigoles ou quoi ? Non, il se trame quelque chose de bizarre, Lefur à raison, il va falloir être plus prudents. Cette semaine, on va rester dans nos planques à l'intérieur, comme ça il va croire qu'on va plus hors limites et il va se calmer le pompon. On va aller à la planque derrière l'horloge.

Je demandai à tout hasard si Kaczki parlait bien de la grosse horloge, celle juste au-dessus du bureau du dirlo et de ses appartements.

— Ben t'en vois une autre l'Indien ? me répondit Kackzi sèchement.

Les autres pouffèrent, il n'y avait qu'une seule horloge, énorme, qui donnait sur un grenier dans lequel étaient entreposées des tonnes de vieux livres désuets.

Juste au-dessus des appartements du pétainiste de dirlo.

5

La torgnole magique

Le père Carle se dirigeait vers l'étude d'un pas lourd qui trahissait ses origines paysannes. Il allait donner le signal du rassemblement. Un petit perron flanqué de deux escaliers menait à l'étude, le père s'y accoudait toujours après avoir sonné la petite cloche de bronze, exigeant un silence parfait avant d'ordonner l'entrée dans la salle d'étude.

L'élève qui parlait recevait une torgnole magique, même punition pour celui qui traînait ou chahutait. Je ne savais pas pourquoi la torgnole avait été qualifiée de magique, mais tout le monde craignait d'y goûter, surtout avec le Père Carle.

Chacun regagna son banc en silence. Le curé prit place derrière l'énorme bureau de bois qui trônait sur l'estrade. Le commandement du jour avait été inscrit en lettres capitales au tableau :

TU NE MENTIRAS POINT...

Je relevai le lourd panneau de mon pupitre et fouillai à travers mes livres et mes bricoles scolaires, à la recherche de mon pot de colle blanche qui sentait bon. À la recherche du parfum de ma mère. Elle exhalait toujours cette fragrance particulière d'amande douce quand elle venait me border le soir, au coucher. L'espace d'un instant, je l'imaginai, ses longs cheveux blonds tombant délibérément en cascade sur mon visage quand elle se penchait pour m'embrasser. C'était notre rituel du soir dans la petite maison de Baie-St-Paul.

Personne ne pouvait être plus heureux que moi, personne !

— Miron, Miron !!! Au bureau, bon sang de bonsoir !

Le père Carle était en colère, cela faisait trois fois qu'il me demandait de baisser mon pupitre et de venir à l'estrade, mais je ne l'avais pas entendu. J'étais dans la petite maison du bord du fleuve, avec ma petite maman et les effluves d'amande douce... Je me dirigeai lentement vers l'impressionnant curé qui se tenait droit, les poings sur les hanches et l'air furibard.

— Êtes-vous sourd Miron ? Que trafiquiez-vous la tête dans votre pupitre ?

— Je lisais, mon père.

— Vous lisiez... Et quel genre de littérature lisez-vous la tête plongée dans votre pupitre ?

— Le dormeur du val, c'est pour le devoir de français, mon père.

Le commandement du grand tableau noir me sauta aux yeux.

— Voyez-vous ça... et que faisait donc ce dormeur de si intéressant, monsieur Miron, au point de ne pas m'entendre vous appeler ?

— La sieste, mon père.

L'étude éclata de rire, je ne pus retenir un sourire, content de mon effet de scène.

— Avancez-vous monsieur Miron, et penchez la tête en avant.

J'avais surestimé le sens de l'humour du curé. Je ne compris tout de suite ce qui m'arrivait, ma boîte crânienne sembla exploser sous le coup de butoir du père. Une nuée de petites étoiles se mirent à danser devant moi, alors c'était ça la magie de la torgnole, les étoiles !

La douleur était atroce.

Je restai figé un instant, hagard, puis regagnai mon pupitre d'un pas mal assuré, la tête en miettes. Mon voisin d'étude m'avoua que c'était la plus formidable torgnole magique qu'il avait jamais vue et qu'elle aurait pu assommer un ours. J'appréciai amèrement d'être l'heureux détenteur de la torgnole magique du siècle.

La torgnole était une arme de dissuasion bougrement efficace et pour mon malheur, le père Carle en était un administrateur particulièrement doué : il fermait son énorme poing et vous cognait l'occiput de ses dernières phalanges. Une frappe puissante qui vous coupait toute envie de faire le mariole pendant un bout de temps.

La porte de l'étude s'ouvrit soudainement sur le directeur qui entra pompeusement, engoncé dans un costume trois pièces qui soulignait ses rondeurs. C'était un petit gros. Les élèves se levèrent, je fis de même, mais ma tête m'élançait si fort que j'ai failli retomber sur mon banc.

D'un geste, le père Carle nous pria de nous asseoir. Le directeur grimpa sur l'estrade et afficha son air pédant habituel. Je l'aimais pas le dirlo, faut dire que le père Janin m'avait bien prévenu de me méfier de lui. Il avait bien essayé de me tirer les vers du nez avec ses questions sournoises, posées avec ce sourire mielleux et obligé qui caractérise les faux culs de première.

Mais je l'avais vu venir avec ses grands sabots et m'étais contenté de lui répondre avec l'histoire que l'on m'avait apprise et que le père Janin m'avait fait répéter.

– Messieurs, vous n'êtes pas sans savoir que nous traversons une période très grave et difficile, la guerre est là et avec elle, son cortège funèbre...

Ça commençait bien.

– ... l'heure est grave, mais la lumière est là, qui nous attend au bout du tunnel. Ceux qui hier étaient prétendument nos ennemis, seront nos sauveurs demain. C'est pourquoi...

Le père Carle se moucha bruyamment, coupant net la logorrhée du dirlo. Quelques rires fusèrent du fond de l'étude, le directeur lança un regard noir au curé, puis continua son discours.

– ... c'est pourquoi vous allez tous suivre des cours d'allemand à partir de la semaine prochaine, l'admini...

Le père Carle éternua cette fois et dans un geste délibérément exagéré, il fit tomber la boîte de craies du bureau magistral. Le directeur se tourna vers le curé.

– Vous êtes enrhumé père Carle ?

– Juste des allergies monsieur le directeur, rien de sérieux.

– Bien... où en étais-je ? Ah oui, l'administration allemande, soucieuse de l'avenir de ses enfants, va nous fournir tous les livres nécessaires pour apprendre la merveilleuse langue de Goethe. Messieurs, j'espère que vous réalisez que vous êtes des privilégiés et que vous saurez reconnaître et apprécier la grande générosité de l'admini...

Le prêtre l'arrêta net.

– Veuillez m'excuser monsieur le directeur, mais je dois aller préparer l'office de cinq heures.

Il descendit de l'estrade et marcha d'un pas exagérément pesant vers la porte de sortie qui donnait sur l'escalier des dortoirs. Il la claqua avec une telle force que la vitre se fendit. Médusé, le directeur ajusta son gilet sur sa bedaine et tira sa montre à gousset. Il hocha la tête.

– Messieurs, le père Carle à raison, il est temps de se préparer pour l'office. Je vous prierais donc de sortir en ordre et en silence…

Le bruit des casiers qui se fermaient couvrit les dernières paroles du dirlo qui s'éclipsa, frustré, vers ses appartements de fonction.

6

La casemate sous les toits

L'étude du soir était calme et silencieuse, lorsqu'une vive piqûre dans le cou me fit redresser la tête. Serge Poitras m'avait décoché un grain de riz avec sa sarbacane de sureau. La rareté de la munition annonçait l'importance du message. Par gestes, il me fit comprendre d'ouvrir mon casier, un billet griffonné au crayon de papier était posé sur mes livres : ce soir, réunion derrière l'horloge, deux heures du matin, la bande au complet, Lefur nous attendra sur place.

Deux heures du matin…

Ce soir-là, nous nous couchâmes avec des regards complices. Nous avions convenu que Marcel Ricot prendrait le premier tour de veille, il se serait naturellement endormi aux quarts suivants. Lefur, comme d'habitude, faisait cavalier seul, mais il avait confirmé sa présence. L'expédition s'annonçait périlleuse, certainement pas autant qu'un tour aux vannes, mais nous installer dans une cachette immédiatement située au-dessus des appartements du dirlo, présentait un risque certain. Le moindre faux pas aurait pu réveiller le petit gros.

Au dernier étage de notre bâtiment, une petite porte de placard à verrou simple donnait sous les combles. On pouvait s'y déplacer accroupis. Ce petit couloir sous les toits permettait à Germain Trotte-Menu de nettoyer les gouttières. Le boyau aboutissait par une autre porte discrète, à l'immense grenier derrière l'horloge. Dans les montagnes de livres scolaires désuets, la bande avait aménagé une cache étayée avec des planches d'armoires. Bien malin celui qui aurait soupçonné une présence quelconque à ce qui ressemblait somme toute, à une énorme pile de vieux bouquins. Comble du raffinement dans l'architecture, deux meurtrières traversaient l'épaisse muraille pour surveiller la porte principale.

À l'heure convenue, la bande au complet et Robert Lefur étaient blottis dans l'abri de papier et de carton qui fleurait le moisi et la pisse de chat. Malgré l'odeur âcre et le danger latent, nous nous sentions en parfaite sécurité dans notre château de papier. Robert Lefur avait apporté sa boîte de conserve et un morceau de cierge.

— C'est génial votre cachette les gars ! chuchotai-je.

Henri se pencha vers moi.

— C'est du costaud. On a bossé des nuits entières pour la construire la casemate, on est comme des poilus en 14...

Il me regarda fixement.

— ... toi tu as tes Indiens avec l'eau des arbres, nous on a les poilus avec leurs casemates, chacun son truc...

Henri Niquet était le plus érudit de la bande et je soupçonnais que mes fariboles indiennes ne l'aient pas vraiment convaincu. J'attendais de connaître le but de cette réunion extraordinaire, mais il n'y en avait aucun. Le simple fait de nous retrouver au beau milieu de la nuit dans une planque aménagée juste au-dessus du bureau du dirlo était d'une délectation extrême. Nous avions besoin de ces équipées dangereuses, nous affirmions notre courage par elles et nos cœurs ne battaient jamais aussi fort que lorsque nous bravions les interdits.

Des gamins en quête d'aventures, de batailles, de héros...

Robert nous décrivait ses différentes techniques de camouflage hors limites quand la porte d'entrée principale grinça. Avec une vitesse que nul ne lui connaissait, il mit son pouce et son index dans sa bouche et éteignit la chandelle de ses doigts mouillés, pour éviter l'odeur.

Quelqu'un arrivait à pas prudents, exactement comme nous l'avions fait quelques instants auparavant…

L'inconnu alluma une lampe à pétrole, la tension était à son comble dans notre abri, cette silhouette particulière nous l'avions tous identifiée, c'était le Chat.

Il nous avait pistés jusqu'à la casemate et il n'était pas seul, trois ombres le suivaient.

Le père Janin déposa la lampe sur un vieux guéridon, les visages des pères Job, Carle et Cuvelier s'illuminèrent. Tous quatre s'affairèrent à déplacer une montagne de livres pour dégager une petite valise de carton bouilli que le Chat déposa sur le guéridon. Tout ça, à moins d'un mètre de nos meurtrières, il n'y avait pas un souffle dans la casemate. Le père Janin ouvrit la petite valise, on pouvait y apercevoir des fils et des commutateurs, un petit casque d'écoute et même un pistolet d'ordonnance. Il sortit un appareil bizarre que j'avais déjà vu, mon père en avait un, c'était un manipulateur de code Morse. Le curé ajusta le casque d'écoute et tapota sur le manipulateur.

– Alors… demanda le père Job à voix basse.

– Alors rien, lui répondit le père Janin.

Il tourna un gros bouton noir et reprit le tapotage de l'appareil. Ils attendirent encore, le regard fixé sur la valise comme si quelque chose d'extraordinaire allait en sortir. Le Chat leva une main et appuya l'autre sur un des écouteurs du casque. Il avait une communication qu'il se mit à transcrire sur un morceau de papier. Il répondit en tapotant fébrilement sur le petit manche de la machine. Au bout de quelques échanges qui nous parurent une éternité, il enleva son casque d'écoute et referma la valise. Il se tourna vers ses complices, le visage grave.

— Ils veulent qu'on organise un terrain de fortune pour poser un avion de nuit.

Le père Job se passa la main sur le visage.

— Ils veulent poser un avion ? C'est pas une mince affaire ça !

Le père Cuvelier sembla acquiescer.

— Les résistants ont besoin d'armes plus lourdes et d'une équipe de militaires pour les former, continua le père Janin, ils n'ont pas le choix… Je leur ai parlé de la ferme abandonnée, c'est un endroit isolé avec un champ immense. Si la météo est favorable, l'avion atterrira le 12 vers deux heures du matin, il faudra allumer des feux trente minutes avant. L'équipe de récupération les attendra dans la ferme abandonnée.

Les quatre hommes rangèrent la petite valise et sortirent comme ils étaient arrivés : dans un silence de trappistes.

Nous restâmes figés dans la casemate une bonne demi-heure, sans parler. Il avait fallu soulever une tuile du toit pendant notre voyage de retour pour vérifier la cour intérieure. C'était presque l'heure des matines et déjà une pâleur timide éclairait la cour d'une froide luminosité. Les pères allaient quitter leurs appartements pour se rendre à la chapelle, il fallait attendre un peu avant de regagner le dortoir.

L'horloge sonna cinq heures. Je me blottis dans mes couvertures et m'endormis aussitôt, écrasé d'émotions et de fatigue.

7
Le petit soldat de la forêt

Ce jour-là, le directeur débarqua en plein cours de latin. Il nous annonça, avec un air grave que des résistants, qu'il appelait d'ailleurs des terroristes, sévissaient dans le secteur, mais que comble de chance, des unités de l'armée allemande viendraient assurer notre protection ici même, au Séminaire. Il tendit un index menaçant vers nous, les élèves, et nous conseilla de nous tenir à carreau quand les soldats arriveront, d'être polis et respectueux. Il en allait de sa réputation et même de son avenir.

Le jour même de cette annonce d'importance qui forcément allait changer nos habitudes, nous filâmes sur notre île pour en discuter.

– Bon, ben avec les Allemands dans le Séminaire, va falloir se tenir à carreau les gars, commença Robert, le regard empli d'inquiétude.

– Et pourquoi ça ? lui répondit Denis, l'air bravache, ça va être peinard hors limites, les curés vont rester au Séminaire !

– Peut-être, mais t'imagines qu'à la place des curés on se fasse courser par des Boches ? Toi qui as déjà une trouille bleue du Chat, alors avec les Allemands...

– Ne me dites pas que vous avez tous cru ce que nous a annoncé le dirlo ? C'est des conneries tout ça, vous en avez vu vous, des patrouilles allemandes et des résistants dans le coin ?

Marcel cracha la feuille de tsampa qu'il mâchouillait nerveusement.

– Moi j'en ai vu des résistants, l'autre nuit, derrière l'horloge…

– …

La pertinence de sa remarque nous avait laissés sans voix. L'humeur était très tendue.

Une brise légère ridait la surface de la rivière qui clapotait contre les bords goudronnés de notre petite barque. L'herbe était déjà haute pour la saison et ondulait au gré du vent. Ça sentait le bonheur paisible, simple, pareil à mes balades à travers champs sur l'île-aux-Coudres…

Et pourtant…

Nous étions tous à réfléchir à je ne sais quoi quand deux silhouettes se découpèrent sur l'horizon, de l'autre côté de la rive. D'autres ombres les rejoignirent bientôt. Je me levai pour mieux observer, il s'agissait bien d'un groupe d'individus, peut-être des chasseurs… Je pointai la direction du doigt.

– Y'a du monde sur la colline, regardez…

Denis m'attrapa par la manche de ma chemise.

– Bon Dieu Miron planque toi ! C'est peut-être les curés !

Au même instant, une guêpe d'une vélocité extraordinaire siffla au-dessus de nos têtes. Le claquement du coup de fusil résonna une seconde plus tard. Nous étions figés comme des ronds de flan à essayer de comprendre ce qui se passait quand Serge hurla comme un damné.

— C'est les Boches, c'est les Boches ! Sauvez-vous ! Ils nous canardent !

Nous détalâmes comme des lapins vers le bras mort. La forêt se mit à crépiter comme un jour d'orage, il y avait beaucoup de guêpes qui instillaient leur venin dans les arbres avec des claquements secs.

Autour de nous, que le sifflement aigu des balles qui nous cherchaient…

Marcel s'avança sur le tronc en regardant ses pieds, il pleurait à chaudes larmes. Malgré toutes ses précautions, il glissa du tronc et tomba lourdement dans la vase du bras mort avec un bruit mat. Il nous regarda, affolé, certain qu'il allait être avalé par la fange visqueuse et disparaître à jamais dans ses profondeurs. Henri et Serge franchirent le tronc sans un regard ni compassion pour la fin atroce de Marcel. Dans cette situation, c'était manifestement chacun pour soi.

Robert me collait aux basques, tremblant comme une feuille morte. On pouvait entendre des cris de l'autre côté de la rivière.

Ça gueulait en allemand, nul doute…

Denis sauta sur le tronc et se mit à califourchon pour tenter de sauver Marcel qui pleurait comme une Madeleine en attendant d'être aspiré à jamais dans les limbes du bras mort.

— Attrape ma main, bon Dieu de merde, Marcel !
— Je… j'ai pied les gars, j'ai pied !

Il n'y avait pas plus qu'un pied de fond…

Les coups de fusil et les rafales de mitraillettes se rapprochaient alors que nous courions comme des dératés vers le Séminaire et la protection de nos pères. Denis m'arrêta en tirant la manche de ma chemise.

— Il faut qu'on se sépare Lucien…

Je remarquai malgré les circonstances, que c'était bien la première fois que Denis m'appelait par mon prénom.

– … sinon ils vont nous choper…
– Je reste avec Robert.
– Que… quoi ? Mais tu sais que…
– Je sais Denis…

Robert tremblait toujours.

– … Sauvez-vous Sainte Anne de Beaupré, nous on va se planquer dans une cache à Robert, ils nous trouveront jamais !

Je poussais Robert à nous amener à sa cache la plus proche, mais il était comme dans un état second. Comme perdu quoi… Ça s'agitait sur le sentier du bras mort, on entendait des cris en allemand et même des coups de fusil qui nous envoyaient des guêpes, mais elles volaient pas dans notre direction. Si on bougeait pas maintenant, on était foutus, et Robert qui avançait comme une poule sans tête. D'un seul coup, il plongea tête première dans un épais buisson et disparu. Je plongeai à mon tour, j'avais plus rien à perdre.

Je ne devais plus respirer, je devais devenir végétal, disparaître comme si j'avais bu l'eau des arbres, il ne fallait surtout pas que je sois humain. C'est la quintessence du camouflage, se fondre dans l'environnement. Disparaître… comme Robert savait si bien le faire. Il y avait une coccinelle qui crapahutait sur mon avant-bras, je me dis que de toute manière, quoiqu'il puisse nous arriver, il y aurait toujours des coccinelles…

Quelqu'un fouillait dans les buissons. C'était un méthodique, il avançait lentement, pointant de sa mitraillette, chaque fourré, chaque cache qui aurait pu abriter des fuyards. S'il continuait vers nous, il allait nous trouver…

Il nous trouva.

Enfin, il était là ! C'était à ça que ça ressemblait un Boche dont tout le monde parlait ! J'en avais un vrai juste en face de moi et avec une énorme mitraillette ! Le soldat sembla surpris de tomber sur deux morveux comme nous. À bien le regarder, il n'était pas beaucoup plus vieux que nous. Ses bottes semblaient trois fois trop grandes pour lui et son casque dodelinait chaque fois qu'il bougeait la tête.

Robert chialait à chaudes larmes, personne n'ignorait que les Allemands fusillaient tout le monde… Je le pris par les épaules et le serrai fort contre moi, comme un grand frère l'aurait fait.

— Moi pas méchant, vous pas avoir peur, murmura l'Allemand en relevant sa mitraillette. Vous venir avec moi, pas avoir peur.

Je serrais toujours Robert dans mes bras qui renifla bruyamment deux chandelles de morve qui lui pendaient au nez. C'était gros une mitraillette, c'était la première fois que j'en voyais une et celle-là était vraiment impressionnante. Nous avançâmes d'un pas très mal assuré vers le petit soldat qui nous fit signe de revenir vers l'île et la rivière.

Au moins, il nous ne nous avait pas fusillés tout de suite.

Nous n'avions même pas atteint le bras mort, qu'une voix nous interpella, en allemand. Une voix que je connaissais bien. Malgré le soldat qui nous avait pris, les balles qui avaient sifflé à nos oreilles et la certitude qu'on allait nous fusiller sous peu, je sus tout de suite qu'il allait nous sauver. Il me l'avait promis. Si quoi que ce soit m'arrivait, il serait là.

Il était là.

Il sortait des frondaisons calmement, son bâton de marche à la main. Les brindilles ne craquaient pas sous ses pas et il écartait les branches délicatement, sans un bruit. Les oiseaux ne chantaient plus, le vent était calme, le silence était palpable. Le Chevalier s'avança en flottant sur les feuilles mortes, on ne voyait pas ses pieds, il parlait doucement au petit soldat qui une seconde baissa son arme. Je croisai l'espace d'un instant le regard du père Janin, il y brillait la flamme noire, intensément.

Ce qu'il advint l'instant d'après reste pour moi un mystère.

Le Chevalier lévita comme le matin dans l'allée des marronniers, il brandit son bâton et en un geste circulaire d'une rapidité incroyable, il frappa la nuque du soldat d'un coup formidable. Le bruit mat du gourdin résonnait encore que l'Allemand tombait à genoux, vaincu autant par la surprise que par l'efficacité du coup.

Le petit soldat mourut les yeux fixés sur la cime des grands arbres qui se balançaient au gré du vent d'été.

Il y avait une coccinelle qui crapahutait sur son avant-bras.

Je me mis à chialer. C'était la première fois que je me trouvais aux premières loges de la mort. Jusqu'à présent, je n'avais connu que son antichambre. Je ne connaissais pas ce petit soldat qui me menaçait de sa grosse mitraillette et pourtant, j'éprouvais une immense tristesse à le voir comme ça, la tête dans les buissons, avec ses bottes et son casque trop grands pour lui. Je me tournai vers le père Janin. La main de Dieu pouvait donc frapper par le truchement de ses serviteurs ?

Le Chevalier avait tué pour nous sauver.

Il s'approcha de moi.

– Vous arriverez à retrouver le Séminaire ?

– Je… crois que oui… mon père.

– Alors, allez-y et rendez-vous directement à la chapelle, ça va être l'heure de l'office. Passez par-derrière, comme vous faites d'habitude, le père Cuvelier vous attendra.

Tous au Séminaire avaient entendu les coups de feu et la bande à Kaczki manquait à l'appel… Il était clair qu'il s'était passé quelque chose dans la forêt et ils avaient envoyé le père Janin aux nouvelles. Le père Cuvelier nous guettait effectivement depuis le toit de la sacristie, preuve flagrante, au crédit de Robert, que les pères connaissaient nos points d'entrée et même nos sorties de secours. Il nous pressa d'entrer, le père Carle était là aussi. Un petit frisson me parcourut l'occiput…

– Bon, écoutez-moi attentivement vous deux, commença le père Carle, et cessez de pleurer Lefur ! tonna-t-il.

Le curé n'avait pour habitude de consoler ses élèves, fussent-ils terrorisés.

– Mais monsieur le père, les autres, ils les ont fusillés ?

– Le père Janin est parti les chercher, ça ne devrait pas être long avant qu'ils ne reviennent. Qui était avec vous exactement ?

– Il y avait Ricot, Niquet, Poitras et Kaczki, confirmai-je en m'attendant à recevoir une torgnole. J'avais déjà la tête baissée.

Le père Cuvelier sortit sans un mot, sûrement pour reprendre le guet de la Sacristie. Le père Carle bourra sa pipe avec du tabac gris et l'alluma en réfléchissant. J'aimais vraiment pas l'odeur du tabac gris. Mon père, lui, fumait des cigarettes blondes qui sentaient bon. Il revint vers nous.

— Bon, si quelqu'un vous interroge sur votre petite escapade d'aujourd'hui, évidemment vous niez en bloc...

Je me souvins de la phrase sur le grand tableau noir quand le père Carle m'avait administré la torgnole magique du siècle, comme quoi tout est relatif.

— ... vous n'avez jamais quitté le Séminaire aujourd'hui, jamais. Tu as compris Miron ?

— Oui, mon père.

— Et toi Lefur ?

— Oui, mon père. Et on dit quoi pour le mort ?

— ?

— ... celui que le père Janin a tué avec son bâton... pour nous sauver, parce que le gars avait une mitraillette et qu'on allait sûrement être fusillés vu qu'il nous amenait là où il y avait les autres soldats... alors certain que c'était là qu'ils nous auraient tous fusillés, vu que quand même on était un peu comme des fugitifs... et que tout le monde le sait bien que les Allemands tuent les fugitifs... Peut-être d'ailleurs que les autres, ils les ont fusillés...

Et Robert de se remettre à chialer après avoir sorti sa litanie d'une seule traite, sans même respirer. Moi aussi j'en menais pas large, ma boule au fond de la gorge n'avait jamais été aussi grosse, j'en avais les larmes aux yeux.

Calvaire, et si mes potes...

Le père Carle se tourna vers moi, ma face devait en dire long, il ne me posa même pas de questions. C'est comme si le père avait été le malheureux récipiendaire d'une de ses torgnoles magiques du siècle. Il se leva et passa ses battoirs dans sa ceinture de cuir tout en mâchouillant sa pipe. Le baragouinage nerveux de Robert avait fortement ébranlé le curé.

– Ah ben ça alors, ah ben ça alors ! qu'il disait le père les dents serrées sur son brûle-gueule, le père Janin... un Allemand... dans notre forêt... c'est pas possible, c'est pas Dieu possible... bon sang de bonsoir !

Il enleva son béret et se gratta la tête en soufflant. Il se reprit et nous demanda formellement contre tous les principes enseignés, de jurer sur nos têtes de ne parler à strictement personne de cette histoire, surtout pas à nos camarades de classe, qu'il allait éclaircir la situation avec le père Janin et nous tenir au courant.

Au père Carle qui nous regardait droit dans les yeux, nous jurâmes de mentir. Au diable les commandements.

Nous nous installâmes à nos places dans la chapelle alors que les autres élèves entraient pour l'office. Robert me tenait la main, il était vraiment pas bien. Il tremblait. Les chuchotements allaient bon train dans les rangs.

– Tu crois qu'ils les ont fusillés Lucien ?
– Non, Robert, le Chevalier est parti les sauver. Tu vas voir qu'ils vont revenir, il nous a bien sauvés, nous...
– Le Chevalier ?
– Le Chat. Pour moi c'est un Chevalier, en tout cas c'est comme ça que je l'appelle.

Le père Carle sortit de la Sacristie en habits sacerdotaux. Il célébrait l'office aujourd'hui. Les autres curés et le dirlo s'installèrent à leur place habituelle. Il avança lentement devant l'autel et ouvrit les bras.

Le bruit de la lourde porte de l'église qui grinçait rompit le silence. Le père Carle se tourna vivement, c'étaient les rescapés de la bande qui arrivaient. Ils avancèrent, la tête baissée. Tous attendaient la remarque traditionnelle de l'officiant : un retard à l'église équivalait à deux tours de corvées au réfectoire. Aucune excuse acceptée, Dieu primait.

Mais rien, pas un mot du prêtre. Le père Carle commença son office comme si de rien n'était. Il avait même l'air content...

Pour la toute première fois de ma vie, la messe me calma. J'avais même envie que le sermon se prolongeât indéfiniment. Je me sentais protégé par les pères, protégé par Dieu ? En tout cas, dans cette église, rien ne pouvait m'arriver...

D'abord, il y eut le bruit des moteurs, un véhicule léger puis des camions, ensuite il y eut des claquements de portières puis des ordres aboyés en allemand. Robert me serra la main à me faire craquer les jointures. Le père Carle nous enjoignit de rester calmes et de ne pas bouger de nos bancs. Les ordres gueulés et les claquements de bottes et d'armes présentées résonnaient dans la cour, puis d'un seul coup, silence total.

La lourde porte de la chapelle s'ouvrit en grinçant, un officier allemand resta un moment dans l'embrasure, à contrejour. Enfin il s'avança dans l'allée, le pistolet à la main. Il était tout de noir vêtu et, à la faveur des cierges, les deux S de son col de chemise s'animaient de petits éclairs vifs. Il était très jeune pour un lieutenant, il portait des bottes de cuir noir immaculées qu'il tapotait avec une badine d'officier de cavalerie.

Le jeune lieutenant resta longtemps dans l'allée à contempler l'assemblée. Le directeur, sourire aux lèvres, s'était avancé, mais le militaire l'avait immédiatement pointé de son arme, ce qui avait fait ravaler ses mots de bienvenue au petit gros. L'allemand s'avança vers l'autel en claquant des talons et de la cravache. L'acoustique de l'église amplifiait le côté martial de sa marche.

Nous étions terrorisés.

C'était certain que celui-là n'était pas un tendre comme le petit soldat de la forêt et qu'il était venu forcément nous chercher nous, les gars de la bande, pour nous fusiller contre le mur du préau. C'était un mur parfait pour les fusillades. On n'en menait pas large tous autant que nous étions. L'officier alluma une cigarette. On ne fume pas dans une église, tout le monde sait ça…

– Qui commande ici ? demanda-t-il à l'assemblée des pères avec un accent à couper au couteau.

– C'est moi, lui répondit le directeur en courbant l'échine.

Vous arrivez plus tôt que prévu, mais…

L'homme coupa net les explications du dirlo, d'un claquement de cravache sur sa botte.

– Je veux savoir qui commande parmi vous !

Il pointa les prêtres, ignorant royalement le directeur. Personne ne bougea.

– Je vous ai posé une question, répondez ! Qui commande parmi vous ? hurla-t-il, hors de lui.

– C'est moi.

La voix amplifiée par l'acoustique de la chapelle, semblait sortir d'outre-tombe… L'intonation très posée et le ton grave ne laissaient aucun doute, c'était le père Janin qui sortait de la Sacristie et qui avançait vers l'officier allemand en le regardant droit dans les yeux. Imperturbable malgré le pistolet pointé vers lui.

– Inutile de crier, vous êtes dans une église, monsieur, et vous pouvez ranger votre arme, elle ne vous sera d'aucune utilité ici.

Le père avançait toujours vers le jeune officier et s'arrêta à quelques mètres de lui. La terrible flamme noire brillait intensément dans les yeux du père et un instant, j'ai bien cru qu'il allait encore léviter et trucider l'allemand avec une de ses bottes secrètes. Mais il n'avait pas son bâton de marche.

Le SS recula d'un pas en baissant son pistolet. Il semblait fortement perturbé par le regard du père qu'il n'avait pu soutenir.

— Savez-vous à qui vous parlez ? Je suis un lieutenant SS, c'est moi qui donne les ordres ici !

— Je sais très bien qui vous êtes monsieur, répondit le père Janin tout en fixant le militaire, l'office se terminait, attendez-moi dehors, je vous rejoins dans un instant.

Le lieutenant recula vers la grande porte, ses traits s'étaient affaissés et il semblait obéir comme un automate à l'ordre du père. Il se retourna juste avant de sortir.

— Je… je veux tout le monde rassemblé dans la cour dans un quart d'heure, j'ai dit tout le monde !

Le père Janin attendit que l'officier sorte et nous traduisit ce qu'il venait d'aboyer, sans s'en rendre compte, il avait hurlé sa phrase en allemand…

Dans la cour il y avait le préau et son mur… on était bons comme la romaine. Le père Carle revint devant l'autel.

— Les enfants, il va falloir obéir aux ordres de ces gens-là. Nous allons tous sortir en ordre et en silence et nous aligner devant l'étude. Ne les regardez pas dans les yeux, gardez vos têtes baissées.

Nous sortîmes en rang parfait et en silence pour nous aligner devant l'étude. Sur le parvis, pas de curé, mais l'officier SS et sa cravache. Deux camions et un petit véhicule militaire étaient stationnés sur le terrain de football. Il y avait des soldats très énervés qui fouillaient partout, les classes, les dortoirs, les abris, partout...

Deux hommes en civil, chapeau mou vissé sur la tête, se tenaient un peu à l'écart et observaient notre assemblée en fumant. Je ne les avais pas remarqués tout de suite, ils étaient bien plus discrets que la soldatesque gueulante qui fouillait partout. Les rangs étaient silencieux, figés d'angoisse. Je ne quittais pas des yeux le mur du préau...

Les pères se tenaient devant nous, la stature du Chevalier dominait ce rempart de foi chrétienne devant le mal personnifié. Germain Trotte Menu se cachait derrière lui. Les deux Sœurs infirmières fermaient le rang, affichant un air soumis que leur conseillait leur intelligence de femme.

Le jeune lieutenant descendit du parvis et s'approcha, taquinant ses bottes de sa cravache. Il s'adressa à l'assemblée... en français avec accent.

– À partir d'aujourd'hui, vous êtes sous contrôle de l'armée allemande. Vous obéirez sans discuter à tout ordre que vous recevrez. Personne ne sort d'ici sans mon autorisation, tout contrevenant sera sévèrement puni. À partir de ce soir, vous vous installerez tous dans ce bâtiment.

Il pointa mon dortoir de sa cravache et marqua une pause en se balançant sur ses talons. Il appréciait son pouvoir et son autorité jusqu'à la lie. Il marchait en nous regardant droit dans les yeux.

– Cet après-midi, continua-t-il, un de nos hommes a été lâchement assassiné par des terroristes français, dans votre forêt, on lui a même volé son arme. L'assassin est certainement caché ici !

Savez-vous que si vous abritez des terroristes chez vous, vous serez considéré comme complice et fusillé sur le champ ? Sainte Anne, il avait montré le mur du préau avec sa cravache ! Et puis, il y avait le grenier derrière l'horloge et l'appareil de TSF[2] des curés... un militaire méthodique comme le petit soldat de la forêt allait forcément tomber sur la valise en carton. Alors là, c'était le Séminaire au complet qui allait être aligné contre le mur du préau. Bonnes sœurs, y comprises. Le regard du SS se promenait d'un visage à l'autre, cherchant un signe qui aurait pu nous trahir.

Après quelques minutes d'un silence de mort, le lieutenant se tourna vers ses soldats et aboya un ordre. Les soldats avaient tous l'air aussi jeunes que le mort de la forêt. Les mitraillettes et les fusils se levèrent et nous mirent en joue avec un cliquetis de culasses engagées. Robert me tenait toujours la main, il serra un peu plus fort. Les secondes s'écoulaient, interminables.

Les deux civils scrutaient particulièrement les pères, cherchant la faille dans ce mur sombre qui les autoriserait à user de leur droit de vie ou de mort. L'apanage ignoble des faibles et des frustrés à qui on a malheureusement octroyé une once de pouvoir. En période de guerre, ce genre d'individu revanchard a toujours été le pire. Soudain, un des deux civils à chapeau mou se rua sur le père Job, le plus vieux des curés, et le gifla à toute volée.

— Tu sais quelque chose toi le vieux ! Par le nom de Dieu, ou je t'arrache les yeux !

L'homme était français. Les lunettes du père Job avaient volé dans la cour, mais personne n'osait bouger pour les ramasser. Calvaire, un Français qui en frappait

---

2 Transmission Sans Fil. Les radios de l'époque que l'on écoutait dans les foyers.

un autre, un curé qui plus est… L'homme au chapeau mou se faufila dans les rangs et gifla magistralement Sauveur, un des gars de ma classe qui s'effondra sous le coup en criant. Pauvre Sauveur qui gémissait à terre, ils n'avaient donc pas d'enfants ces gens-là ?

Le chapeau mou s'avança alors vers le père Janin et lui décocha un formidable coup de poing au foie. Le Chevalier n'avait même pas vacillé d'un centimètre. Dans ses yeux, la flamme noire brillait… Surpris, le chapeau mou recula d'un pas, son direct en général mettait à terre des hommes de forte constitution. Il revint à la charge en prenant plus d'élan, mais le père vira sur lui-même d'un quart de tour en dégageant le poing de l'agresseur de sa main ouverte. L'homme, emporté par son élan, perdit l'équilibre et se rattrapa de justesse aux barreaux de la rambarde du parvis. Fou de rage, il dégaina un pistolet automatique, mais l'officier SS l'arrêta dans son geste en lui expliquant qu'il lui laisserait le soin d'interroger le père Janin plus tard, ce qui sembla satisfaire le chapeau mou qui rengaina son pistolet.

On nous a donné une heure pour arranger nos affaires dans le dortoir, le père Cuvelier s'occupa d'organiser la nouvelle installation.

Les curés prirent leurs quartiers au dernier étage ; les pensionnaires occupèrent les deux dortoirs de l'étage du dessous. En ce qui me concernait, je n'avais pas à changer de place, mes copains non plus. Les deux Sœurs se contentèrent de la petite piaule du père Cuvelier.

Le judas n'était pas près de nous trahir.

Les soldats allemands transportèrent leur barda dans le bâtiment d'en face, adjacent au préau et à son mur, les officiers prirent le bâtiment central, celui des pères.

Les bonnes Sœurs passaient dans les dortoirs pour nous réconforter, mais on avait tous une faim dévorante qui nous tiraillait, mon estomac coassait comme un ouaouaron[3]. Elles nous conseillèrent d'accepter le jeûne comme un autre l'avait fait avant nous, moi je pensais surtout à l'autre qui avait multiplié les petits pains. Le ouaouaron de mon estomac poussa des cris de frustration et de fureur mélangées.

Les pères donnèrent le signal d'extinction des feux et regagnèrent leurs nouveaux quartiers à l'étage supérieur. Certain que cette nuit, il y aurait un conseil au sommet, sous le lit de Robert, la bande au complet.

À minuit pétant, nous étions tous sous le lit de Robert. La réunion débuta par un silence, c'était bien la première fois qu'une situation nous imposait le silence. Denis enfin exprima à voix haute ce que tous nous pensions tout bas.

— Vous croyez que c'est nous qu'ils cherchent, les Boches ?

— Et pourquoi qu'ils nous chercheraient les Boches ? lui répondit Marcel, c'est pas nous qu'on l'a tué celui dans les bois, c'est les partisans.

Robert alluma sa petite boîte de conserve. Il était pâle comme un linge, il faisait peur.

— C'est nous qu'on l'a tué le Boche.

Je ne sais pas si c'est la pâleur de Robert ou l'énormité qu'il venait d'annoncer, mais tous étaient bouche bée, le silence du début de réunion s'imposa à nouveau. J'en profitai sournoisement.

— Nous avons tué un Allemand dans le bois, cet après-midi. C'est nous qu'ils cherchent. On a pas eu le choix avec Robert, il avait une mitraillette et il allait nous fusiller.

---
3 Sorte d'énorme crapaud du Québec.

— Vous fusiller avec une mitraillette ? s'étonna le reste de la bande en chœur.
— Parfaitement, confirma Robert, il voulait nous fusiller avec sa mitraillette, vous savez tous très bien que les Allemands fusillent les fugitifs !
— Ça, c'est vrai confirma Serge, c'est mon grand-père qui me l'a dit, lui c'était un poilu de 14, alors…

La parole d'un poilu de 14 valant bien celle d'un Indien d'Amérique, ils crurent ce que j'avais voulu qu'ils pensent. Le Cosaque ne s'en remettrait jamais, d'Indien buveur d'eau des arbres, je passai au statut de héros de guerre, l'espace d'un après-midi. La barre était maintenant très haute.

— Et comment vous l'avez tué ce Boche ? demanda Henri qui avait repris un peu de jugeote.
— Avec un bâton, répondis-je, volontairement vague.

Denis s'emporta.
— Bordel de merde, vous avez tué un Allemand qui avait une mitraillette avec… avec un bâton ?
— Pas nous en fait, le Chevalier des Arbres.
— ???
— Le Chat, précisa Robert, il est arrivé avec son bâton de marche en parlant comme en Allemand et puis il a comme volé au-dessus du sol et l'Allemand et ben, il le regardait qui avançait comme en flottant, il pensait que c'était comme magique, seulement le Chat lui a collé un coup de son bâton sur la nuque, vous auriez dû voir ça la vitesse ! Et pis la force aussi ! Le soldat est mort juste devant nous.

Robert se remit à pleurnicher…
— Nous aussi, c'est le Chat qui nous retrouvés avec Denis et Marcel, ajouta Henri, mais il a bastonné personne.

— Et la mitraillette ? demanda Serge, vous l'avez récupérée ?
— Ben non...
— Dommage, on aurait pu avoir une mitraillette... - ils vont nous fusiller, les gars, c'est sûr qu'ils vont nous fusiller, sanglota Robert.

J'essayai de le rassurer comme je pouvais, mais je me demandais bien comment le Chevalier allait nous sortir de ce merdier sans nom.

Je voulais pas être collé au mur du préau, moi...

Le serment au Père Carle me revint soudainement, alors nous jurâmes sur nos têtes et sur tout ce qui était jurable, que nul ne dévoilerait notre secret, sous peine d'expulsion immédiate et définitive de la bande : croix de bois, croix de fer, si je parle je vais en enfer.

C'était quand même du très sérieux.

Y'a juste Marcel qui n'a pas pris ça au sérieux, lui, il voulait aller voir le dirlo pour tout lui expliquer et surtout pour lui dire qu'il n'était pour rien dans toute cette histoire et que ce n'était vraiment pas nécessaire de le fusiller et qu'il fallait absolument que le directeur explique ça aux Allemands.

Le dirlo... alors qu'on venait à peine de jurer sur nos têtes !

Marcel, il allait pas vraiment pas bien depuis l'épisode du tronc et des Allemands qui nous canardaient. Il s'était chié dessus, mais l'odeur de la vase du bras mort avait masqué la senteur de sa merde. Il en avait marre de tout ça, il voulait rentrer chez lui. Seulement de chez lui, il y en avait plus. Ses parents avaient été arrêtés par la police française et envoyés en Allemagne, il ne savait pas pourquoi, ils n'avaient rien fait.

Ils étaient simplement les propriétaires du plus grand journal de Metz.

Avec les Allemands, il fallait aussi faire attention à ce qu'on écrivait.

Cela dit, ce que j'avais juré au père Carle, je n'allais tout de même pas le parjurer avec le dirlo dans le décor ! C'était pas une torgnole magique qu'allait m'administrer le père, c'était une lobotomie !

Et puis si Marcel parlait au Dirlo, c'était la fin du Chevalier.

Dépité, il nous assura qu'il fermerait sa gueule... Il avait quand même un air bizarre.

Le lendemain, une heure plus tôt que d'habitude, les pères nous réveillèrent. Les Sœurs avaient quitté leur piaule depuis longtemps. Après nos ablutions à l'eau glacée et un petit déjeuner frugal, nous rejoignîmes l'étude en rang et en silence. Le Père Cuvelier était de garde. La cour résonnait des pas cadencés des soldats qui partaient en patrouille à la chasse aux partisans.

Je n'avais pas assez dormi, la fatigue et les émotions des derniers jours s'étaient accumulées et je bâillais comme un sonneur en ouvrant mon pupitre. À l'intérieur de mon casier, j'avais épinglé une carte d'aviation du Québec que mon père m'avait donnée. J'avais cerclé de rouge le village de Baie-St-Paul et l'île-aux-Coudres.

Mon village, mon île, tout simplement le bonheur. Je me souvins du merveilleux temps des sucres, des balades en forêt et de la vapeur du sirop d'érable qui bouillait dans la cabane et nous poissait les cheveux. On dansait autour du feu au son du violoneux et des chansons à répondre jusqu'à des pas d'heures. Après la tire sur neige, Félicien attelait Naturel, le gros cheval de trait et nous rentrions en carriole au village. C'était mon père qui avait donné son nom au cheval, car quand on le chassait, il revenait toujours au galop. Il était vraiment drôle Naturel.

On longeait le Saint-Laurent qui charriait lentement ses eaux figées vers l'océan ou vers Québec, selon le sens des marées. Je n'avais jamais vu autant d'étoiles que durant ces nuits magiques. Mon père me racontait qu'il n'y avait rien d'aussi beau qu'un vol de nuit dans la multitude étoilée. J'imaginais qu'il devait être maintenant une de ces étoiles qui scintillait juste pour moi.

Le puissant Naturel dégageait un nuage de vapeur qui lui donnait des allures d'animal fantastique, nous glissions silencieusement et seul le souffle de forge de la bête troublait le silence de l'immensité glacée.

J'étais heureux. Vraiment.

Je baissai le couvercle de mon casier, Marcel était debout à côté de moi, l'air nerveux. Je ne l'avais pas vu venir, personne ne l'avait vu venir. Il voulait me dire qu'il avait bien réfléchi cette nuit et qu'il fallait que j'aille tout dire au dirlo, car finalement, c'était moi le responsable de toute cette histoire, comme je l'avais si bien raconté sous le lit de Robert. Et que si les Allemands devaient fusiller quelqu'un de la bande, ben c'était moi l'heureux élu.

— Sainte-Anne ! Marcel, ça va pas bien ?
— Si tu vas pas voir le dirlo maintenant, je gueule tout fort que c'est toi qui as tué l'Allemand dans le bois ! Je me ferai pas fusiller à ta place, ça c'est sûr !
— Alors…
— Alors quoi…
— Tu vas y aller chez le dirlo ?

— T'es fou dans ta tête Marcel, j'irai pas chez le dirlo…

Il voulut gueuler dans l'étude que c'était moi qui avais tué l'Allemand, mais avant qu'il ne termine sa phrase et que tout le monde la comprenne, je m'étais levé de mon banc et lui avais balancé un formidable coup de savate dans les couilles qui l'avait laissé sans voix.

C'est ce que je voulais, il avait vraiment pas de chance Marcel avec ses parties…

Le père Cuvelier nous avait tout de suite envoyé à l'étage chez le père Janin, avec nos règles de bois.

On connaissait la punition, on allait tous les deux en chier. Je me disais , tiens, mais c'est le gars que j'ai sauvé des eaux, aux vannes, c'est ce bon vieux Marcel qui veut me faire fusiller parce qu'il se chie dessus, au sens propre et au figuré !

Et ben nous voilà maintenant tous les deux, à genoux sur nos règles de bois, devant le Chat, à qui nous allions devoir expliquer pourquoi Marcel voulait que je sois fusillé à sa place et pourquoi il voulait que je raconte toute l'affaire au dirlo alors que j'étais supposé me méfier et fermer ma gueule comme promis.

La douleur était atroce, une sorte de très longue torgnole magique. Le père Janin nous pria de nous relever et de nous asseoir sur le lit, en face de lui. La terrible flamme noire brillait et je me dis que c'était pas bon signe… Il se tourna vers Marcel et le regarda droit dans les yeux.

— Monsieur Ricot, vous faites partie de la bande à monsieur Kaczki, je vous ai souvent suivi hors limites. Je vous admire Ricot, vous êtes courageux, un aventurier en quelque sorte. Comme vos camarades. Vous ne voulez pas qu'il arrive quoi que ce soit à vos camarades, Marcel ?

— Ben non, mon père.

— Très bien. Il va falloir que vous vous taisiez au sujet de l'Allemand dans la forêt. Pour protéger vos amis, pour protéger votre bande. Pour nous protéger tous. Je peux compter sur toi Marcel ?

— Oui mon père, vous pouvez compter sur moi.

Il était comme hypnotisé le Marcel, il ne trahirait pas la bande. C'est là qu'on a tous commis une erreur. Quand on est revenu dans la cour, Denis et la bande nous attendaient. Ils nous firent signe de les suivre à côté des latrines. Denis apostropha Marcel illico.

— Marcel, tu nous as trahis, tu as trahi la bande. Nous avons voté et à l'unanimité, tu as été reconnu coupable de trahison. En conséquence, tu ne fais plus partie de la bande et ce, à partir de dorénavant. Tu peux partir.

Et Marcel de s'éloigner sans un mot, la queue douloureuse entre les jambes.

Le discours avait été aussi solennel que bref. J'ai jamais eu la chance de leur expliquer que tout était arrangé avec le Chat, que Marcel ne dirait rien au sujet de l'Allemand dans la forêt, pour protéger la bande.

À condition qu'il en fasse partie.

La cloche sonna le rassemblement dans la cour.

8
Germain Trotte Menu

Nous étions au milieu de la cour quand les camions sont revenus. Débarquement des soldats, ordres qui fusent de partout, cliquetis d'armes, alignement et inspection par le lieutenant SS et sa cravache. Par prudence, nous nous étions réfugiés dans l'étude, à observer la parade par les fenêtres. Le SS semblait très énervé, il fumait clope sur clope et apostrophait ses petits soldats qui ne bronchaient pas, figés au garde à vous. Finalement, il s'arrêta pour s'éponger le front avec un mouchoir blanc immaculé brodé SS.

C'est à ce moment-là que Germain trotta vers son destin.

Rien ne pouvait l'affoler Germain, du moment qu'il pouvait accomplir toutes ses petites tâches journalières. Comme nous, il ne comprenait rien à la guerre, mais s'était-il seulement rendu compte que nous étions en guerre ?

Le jeune SS s'était mis à gueuler comme un putois quand Germain était passé en trottinant entre l'officier et ses hommes avec son seau et son balai, les yeux démesurément agrandis derrière ses lunettes. L'Allemand attrapa Germain par les cheveux, dégaina son pistolet automatique et le colla sur la tempe de l'innocent.

Le père Janin déboula de l'étude en trombe. Il s'avançait vers le SS quand celui-ci le pointa de son arme.

– Reste où tu es curé ! hurla-t-il.

Le père ignora l'ordre.

— Arrête-toi curé ou je tire !

— Lâchez cet homme monsieur, il est simple d'esprit, il ne se rend pas compte de ce qu'il fait. Il va s'excuser de vous avoir manqué de respect, hein, Germain, tu vas t'excuser ?

— Le Reich[4] n'aime pas les infirmes, il les élimine !

Le SS lâcha Germain avec un air de dégoût.

Le coup de feu claqua comme un coup de fouet et résonna longtemps dans la cour. Germain s'était arrêté à quelques mètres du père Janin, il lâcha son seau et son balai et regarda sa chemise qui rougissait. Il ne comprenait pas. Il tituba et s'effondra dans les bras du Chevalier. Le père posa délicatement la tête de Germain sur ses genoux et lui retira ses lunettes. Il lui parla doucement, comme d'habitude, comme si de rien n'était.

— Tu vas t'en aller pour un long voyage, mon ami, un très beau voyage...

Germain fixait le père dans les yeux, il ne semblait pas souffrir. Son regard, habituellement déformé par ses lunettes, était pur, empli de compassion et d'amour pour le Chevalier...

— Je... je ne pourrais pas nettoyer les gouttières, mon père.

— Je le ferai Germain, je le ferai....

— Merci mon père, merci d'avoir toujours été là pour moi, je... je peux partir pour le voyage, je... je suis heureux, c'est... c'est beau la vie, c'est beau.

Germain Trotte Menu expira dans les bras du père sans vraiment comprendre ce qui lui était arrivé. Le Chevalier lui ferma les yeux et souleva le petit corps pour l'emporter vers la chapelle. Il n'y avait pas eu un mot dans l'étude. Les deux Sœurs, en pleurs, s'étaient

---

[4] Empire allemand dirigé par Adolf Hitler

retirées dans la piaule du père Cuvelier, j'essuyai rapidement une larme en vérifiant que les autres ne m'aient pas vu, le Cosaque sanglotait en tenant Robert et Marcel par les épaules, Henri et Serge avaient sorti leurs mouchoirs.

Dans un effroyable silence de mort.

Le Chevalier sorti de la chapelle et avança dans la cour. On ne voyait pas ses pieds. La terrible flamme noire embrasait ses yeux, il lévita vers le SS qui dégaina son pistolet en gueulant alors que le père Janin lui tombait dessus. Trop tard, il lui avait saisi la base du poignet qui tenait l'arme et en un mouvement circulaire, il lui tordit à un point tel que l'officier fit un salto avant dans un geste pour éviter la douleur pour s'écraser lourdement sur le dos, le souffle coupé. Dans le mouvement, il avait déchargé son pistolet dans la porte de la chapelle.

L'attaque avait été si rapide qu'aucun soldat présent dans la cour n'avait réagi, l'officier SS s'était mis à hurler d'une telle force de douleur et de rage qu'ils se précipitèrent en bloc sur le Chevalier. Les deux premiers soldats volèrent de conserve pour s'écraser lourdement sur le sol avec un bruit de casseroles. Le troisième se mangea le coude du père en pleine face alors que le quatrième se retrouva à genoux à chercher son souffle après avoir reçu un coup du tranchant de la main dans la pomme d'Adam. Le Chevalier volait, saisissait et frappait si vite que le reste de la soldatesque prudente se regroupa pour mener une attaque de front en une seule vague déferlante. Enfin, la mêlée s'éclaircit, le Chevalier était vaincu, le visage tuméfié, le front ouvert. Il était assis, entravé sur le sol, un peu sonné, quand le lieutenant SS s'approcha. Il venait de gueuler des ordres en allemand, un groupe de soldat préparait leurs fusils et se dirigeait vers le mur du préau. Je frissonnai de terreur.

Ils allaient assassiner le Chevalier.

– C'est moi qui t'achèverai d'une balle dans la tête, curé.

Le Chevalier essuya un filet de sang qui perlait de sa bouche.

– Approche-toi… lieutenant, j'ai quelque chose à te dire…

Le SS recula d'un pas, prudent, il se tenait toujours le poignet.

– … le soldat dans le bois, c'est moi qui l'ai tué.

L'officier regarda le curé bizarrement, en penchant la tête sur le côté. Il fit signe à un des chapeaux mous de s'approcher et lui répéta ce que venait de lui annoncer le père Janin. Le gars observa longuement le Chevalier et alluma une cigarette. Il se baissa pour lui parler.

– Alors si toi t'es un curé moi je suis le fils du Pape !

Dis-moi mon gars, depuis quand les curetons assassinent-ils les soldats ? Alors que les partisans, c'est plutôt leur tasse de thé, non ?

Bon, laisse-moi t'expliquer ce qui va se passer, il y a deux façons de voir les choses. La première : tu me balances tout sur ton réseau cette nuit et au petit matin, tu seras fusillé. Simple, efficace, sans douleur.

La seconde, tu ne veux rien dire, alors on doit appeler la Gestapo[5], inutile de te dire qu'ils te feront avouer, mais tu ne veux pas savoir comment. Dans les deux cas, tu seras fusillé, tu as quand même tué un soldat allemand…

Alors qu'est-ce que tu choisis, tu nous parles à nous ou à la Gestapo ?

Le père Janin se redressa pour lui répondre.

---

5 Police nazie

– Je te donne deux autres perspectives, la première : à la fin de ma phrase, je vais faire vœu de silence et la seconde : je serai fusillé demain. Sur ma décision et sur sa conséquence, tu n'as aucun pouvoir.

Ils enfermèrent le Chevalier dans la crypte de la chapelle, juste à côté du corps de Germain. Ce n'était qu'une question de temps avant qu'ils ne l'alignent devant le mur du préau.

9
Les chars

Il y eut une messe en latin pour Germain. Chacun semblait se repasser le film des événements en regardant le modeste cercueil de sapin brut posé devant l'autel. Personne ne pouvait plus rien pour le Chevalier des Arbres, bientôt, il y aurait une autre messe en latin et ça, c'était une certitude.

Il y eut d'abord comme une vibration qu'on sentait à travers les bancs d'église puis le goupillon déposé sur l'autel se mit à vibrer dans son bol d'eau bénite en émettant un petit son aigu.

Les avions revenaient... Le père Cuvelier se leva d'un bond.

– Aux abris, en ordre et en silence, vite !

Nous sortîmes en trombe de la chapelle pour nous diriger vers les sous-sols, mais un soldat nous barra l'accès de son fusil. Les salauds, ils se gardaient les abris pour eux !

– Nein, Nein, pas avion, Panzer, Panzer[6] !

Le père Cuvelier ne savait pas quelle stratégie appliquer en cas d'attaque de Panzer... manifestement, les abris n'étaient pas une option acceptable. Le père décida que l'étude resterait notre meilleur refuge.

Le grondement sourd s'amplifiait accompagné d'un bruit plus aigu, une sorte de grincement qui roulait, comme celui d'un train qui entrait en gare. Les vitres de l'étude vibraient dans leurs châssis.

6 Char de combat allemand

Dans un rugissement de moteur, le premier monstre tourna le coin de la cour. Qui oserait défier ce dragon cracheur de feu dont l'haleine d'huile et d'essence emplissait déjà l'étude ? Sur ses écailles vertes et sombres, le soleil ne se reflétait pas.

C'était la première fois qu'on voyait un char les copains et moi, et la première chose qu'on a tous pensée n'était vraiment pas rationnelle : on voulait voir comment c'était à l'intérieur... On devait vraiment se sentir protégé, invulnérable, dans un monstre pareil ! Cinq chars énormes s'étaient stationnés au fond du terrain de football, le labourant allègrement au passage. Ils pointèrent leurs bouches à feu vers le bâtiment principal et coupèrent leurs moteurs au commandement d'un geste de la main de l'officier du premier blindé.

Le silence qui suivit impressionna autant que le vacarme qui l'avait précédé. Nous nous penchâmes aux fenêtres pour observer les monstres d'acier et de feu.

Les chars portaient tous les stigmates noircis des batailles qu'ils avaient livrées. Un en particulier semblait fortement endommagé, sa tourelle ne semblait plus fonctionner et malgré son moteur éteint, il s'en dégageait une épaisse fumée noire. Deux camions arrivèrent, l'un débarqua un groupe de fantassins en tenue de combat camouflée et l'autre des fûts de carburant. Il y avait un blessé allongé dans le deuxième camion, il semblait très mal en point et ses camarades déchargèrent sa civière maculée de sang séché avec d'infinies précautions. Deux officiers se dirigèrent vers le bâtiment central.

Ce qui nous frappa tout de suite, c'était le regard des soldats, vides de toute expression. Ils étaient pâles et mal rasés, leurs tenues de combat poussiéreuses, tachées d'huile et de cambouis étaient déchirées pour la plupart. Leurs visages affichaient la lassitude et la résignation de ceux qui ont connu l'enfer. Qui l'ont vécu.

L'antithèse du petit SS avec son mouchoir brodé, ses bottes reluisantes, sa cravache et ses petits soldats.

Le directeur trottina avec empressement pour accueillir les deux gradés. On savait que c'étaient des gradés malgré la saleté de leurs uniformes, c'étaient les seuls à porter une casquette. Aussi sale que leur treillis.

– Eh bien messieurs, mon Dieu dans quel état vous êtes, il me fait plaisir de…

Un des officiers lui coupa la parole, il parlait français avec un fort accent.

– Avez-vous une infirmerie ici ? Avez-vous un docteur ?

– Euh, c'est-à-dire que, messieurs, nous avons bien un petit dispensaire pour les pensionnaires, et une sœur infirmière pour…

– Dites à la sœur infirmière de dégager un lit dans votre dispensaire et qu'elle se prépare à recevoir un grand blessé.

C'était le deuxième gars à casquette qui venait de parler. Celui-là en revanche n'avait aucun accent, il était français, j'aurais pu le jurer et en matière d'accent, je m'y connaissais pas mal.

Quand les deux hommes sont passés sous nos fenêtres pour emmener le blessé au dispensaire, ils nous ont regardé sans nous voir, il n'y avait plus rien dans leurs yeux. Après leur passage, une odeur que je ne connaissais pas est restée un instant dans leur sillage. Une odeur de sang, une odeur de mort, une odeur de guerre.

La sœur infirmière examinait le blessé au dispensaire. Elle avait paré au plus pressé en nettoyant les plaies. Elle préparait une piqûre de morphine avant de suturer une blessure qu'elle venait de débrider. L'officier français allemand était resté dans la pièce, à côté du soldat.

— Je suis le capitaine Weber, je suis désolé d'avoir insisté mais vous voyez… Il vient de mon village, en Lorraine, on est ensemble depuis le début… Vous pensez qu'il a une chance de s'en sortir ?

Deux larmes traçaient un sillon clair dans la poussière de son visage, mais il ne pleurait pas.

— Tu as bien fait de m'envoyer chercher, mon petit, tu as bien fait. Pour ton ami en revanche, ce n'est pas moi qui décide s'il va s'en sortir ou non. Il a perdu beaucoup de sang et il faut lui enlever la balle qu'il a dans le ventre sinon il mourra bientôt. Seul un chirurgien peut faire ça, moi je ne pourrais pas. Je ne sais pas.

Le Capitaine tira la petite chaise de fer qui servait aussi de table de nuit et s'assit dépité, la tête dans les mains. Vaincu.

La sœur badigeonnait les petites plaies avec de l'alcool iodé, du sang rouge ocre suintait de la blessure par balle. C'était une question d'heures.

— Moi je ne peux rien faire, mais il y a quelqu'un ici qui pourrait tenter quelque chose.

Le Capitaine releva la tête.

— Vous avez un chirurgien ici ?

— Non, ce n'est pas un chirurgien, je vous ai dit qu'il pourrait tenter quelque chose pour sauver votre ami, je ne vois aucune autre alternative. Seulement, ce n'est plus possible, les SS l'ont enfermé dans la crypte. Je pense que demain, ils le fusilleront.

— Qu'a-t-il fait ?

— Il a essayé de défendre son prochain, c'est bien là le moindre geste que puisse faire un prêtre, n'est-ce pas ?

— Un prêtre, ils veulent fusiller un prêtre ?

Le second officier de char entra, il venait aux nouvelles. La sœur leur raconta la triste fin de Germain Trotte Menu, la colère noire du père Janin et sa mise au cachot dans la crypte de la chapelle. Le Capitaine Weber envoya deux de ses kommandos chercher le prisonnier dans la crypte, il ajouta que tout SS qui se mettait en travers de leur chemin, ils pouvaient le descendre.

Le père Janin entra dans le dispensaire. Le Capitaine lui tendit la main et se présenta.

— Je suis le Capitaine de Panzer Weber, de la Wehrmacht[7] et voici le lieutenant Schenke, la sœur nous a tout raconté. Je suis désolé pour votre ami, mais avec les SS…

Ils se serrèrent la main. Les trois hommes avaient sensiblement le même âge. Sans pour autant se ressembler, ils avaient tous trois la même expression tranquille qu'affichent les hommes qui se sont déjà aventurés très loin hors des limites connues ou permises. Hors de leurs propres limites.

Un peu comme nous qui avions amené la guerre dans nos sorties pastorales, devenues mortelles.

Le père Janin examina longuement la plaie, très longuement. Il prit le pouls du blessé avec trois doigts, à plusieurs endroits. Il avait les yeux fermés. Il prit une sonde cannelée dans la boîte stérile de la sœur infirmière et la plongea dans la plaie sanguinolente. Le soldat gémit. Le lieutenant Schenke attrapa le père par la manche de sa soutane.

— Êtes-vous médecin ?
— Pas selon vos principes.
— Alors qu'êtes-vous en train de faire ?

---

[7] Wehrmacht : armée régulière allemande, il faut faire la distinction entre ce corps d'armée dirigé par des militaires professionnels comme le capitaine Weber, et les troupes nazies (SS) qui étaient le plus souvent commandées par des fanatiques politiques. Comme le jeune lieutenant SS.

Le père retira la sonde cannelée et essuya le sang sur ses mains avec une serviette humide. Il s'adressa aux deux militaires.

— J'ai appris la médecine des simples, l'hypnose et les techniques de chirurgie de base en Asie. Cela n'a aucune commune mesure avec ce que vous pourriez connaître…

Il se tourna vers le blessé.

— … ses différents pouls m'indiquent que ses forces vitales sont en train de le quitter. Rapidement. Si je n'extrais pas la balle, il mourra. Je dois aller chercher des plantes dans la forêt.

— Des plantes dans la forêt ?

— J'en ai pas pour plus d'une heure, j'ai mes endroits. Un de vos soldats peut m'accompagner si vous n'avez pas confiance.

La porte s'ouvrit sur le jeune SS enragé. Il apostropha le lieutenant Schenke, lui demandant des explications séance tenante sur la présence de son prisonnier dans le dispensaire. Le Capitaine leur tournant le dos, il n'avait pas remarqué son grade.

Schenke, très calmement, lui expliqua que c'était lui qui avait été chercher le père Janin, il avait prononcé son nom, pour qu'il aille dans la forêt cueillir des plantes pour guérir le blessé. Le père était un prêtre médecin.

Il avait la situation en main, il pouvait disposer et rejoindre ses hommes.

Le SS était devenu fou, il commença à engueuler Schenke comme un poisson pourri, lui signifiant que c'était lui le commandant de la place et qu'il allait rendre compte au colonel Friedman, le commandant de division SS. Il ajouta que le père Janin avait tenté de l'assassiner, que c'était un chef de région dans la résistance et qu'il avait tué un de ses hommes dans le bois derrière le

Séminaire. Bref, il était urgent de le ramener dans la crypte pour qu'il puisse être interrogé cette nuit et fusillé demain.

Il ajouta une phrase qu'il aurait mieux fait de retenir.

– Vous faites partie de la Wehrmacht lieutenant, je suis un officier SS, ne marchez pas dans mes plates-bandes, vous pourriez le regretter.

Avant que le lieutenant Schenke ne perde son sang-froid, le Capitaine Weber s'était retourné.

– Ça suffit, dit-il. Lieutenant Schenke, accompagnez le père Janin, soyez revenus dans une heure, pas une minute de plus. Quant à vous lieutenant, accompagnez-moi dehors…

Le SS s'était mis au garde à vous en saluant du geste nazi. Le Capitaine ne lui répondit pas. Il le regarda longuement.

– Quel âge avez-vous lieutenant…

– ?… Je suis lieutenant de la waffen SS et…

– Je sais tout ça, moi ce que veux savoir c'est votre âge…

– 21 ans… dans six mois.

– HitlerJugend[8] ?

– Ja[9], premier de ma promotion mon Capitaine.

– Ah… Vous avez eu beaucoup de tués dans votre unité, depuis le début ?

– Un, mon Capitaine, près d'ici, cette semaine, c'est pourquoi on est…

– Je sais pourquoi vous êtes là. Au début de juin, je commandais deux sections de trente-deux hommes et dix chars d'assaut Panzers avec leur équipage au grand complet, soit un peu plus d'une centaine d'hommes. Jeunes soldats motivés, comme vous. Aujourd'hui, nous sommes en juillet, nous ne-sommes plus que

---
8 Jeunesse hitlérienne.
9 Oui, en allemand

21 survivants, dont un blessé grave qui ne passera probablement pas la nuit et cinq chars endommagés.

Le jeune lieutenant déglutit avec peine, d'autant plus que le Capitaine avait sorti son pistolet automatique.

– Lieutenant, si vous manquez encore une fois de respect à un de mes hommes, quel que soit son grade, c'est moi que vous aurez insulté.

Le Capitaine arma son pistolet automatique, vérifia le magasin et le remit dans son étui. Le SS était pâle comme un linge.

– Me suis-je bien fait comprendre, lieutenant ?
– Oui mon Capitaine.
– Concernant le curé médecin, il restera sous mes ordres tant que le blessé aura besoin de lui. Je m'en porte garant, quand nous serons partis, vous en ferez ce que vous voudrez. Vous pouvez disposer lieutenant.

Le Père Janin et Schenke revinrent cinq minutes avant l'heure. Le père pria la sœur infirmière de faire bouillir de l'eau puis il écrasa ses plantes dans un mortier en bois d'olivier. Il confectionna une sorte de cataplasme, sous l'œil perplexe du Capitaine à qui il prit la peine d'expliquer que le pansement allait servir à cicatriser les plaies. Il sortit de la poche de sa soutane, une petite fiole en verre fumé qui contenait une huile épaisse et noire à l'odeur âcre. Il en versa quelques gouttes dans un verre d'eau chaude et le fit boire au blessé qui tomba immédiatement dans une sorte de léthargie bienheureuse.

– C'est un opiacé Capitaine, votre ami va s'approcher des portes de la vérité, avec un peu de chance, il reviendra avec quelques réponses…

Les deux hommes se regardèrent en silence.

Le prêtre se saisit d'un plateau de verre dans lequel il aligna le contenu d'une boîte d'aluminium. Il y avait des pinces hémostatiques, des brucelles, une sonde cannelée, une aiguille courbe et du fil à suturer, un bistouri et des ciseaux à bout rond. La trousse habituelle qu'on retrouvait dans toutes les infirmeries du monde.

Il arrosa les instruments d'alcool et craqua une allumette. Il s'aspergea les mains et les passa au-dessus du plateau. Elles s'enflammèrent immédiatement. Weber, affolé, lui lança une serviette de toilette, mais le père la repoussa d'un geste.

– Toute douleur est impermanente Capitaine, si vous ne lui accordez pas d'importance, elle va disparaître comme elle est venue. Je viens juste de gagner un peu de temps. Maintenant si vous voulez bien m'excuser, j'ai besoin de me concentrer. Si j'espère sauver votre ami, il faut que je sois pleinement conscient. Présent. Que personne ne me parle ni me dérange à partir de maintenant.

Le père s'agenouilla et s'assit sur ses talons. Il ferma les yeux et croisa ses mains au-dessus de ses genoux. Il resta parfaitement immobile un bon quart d'heure, enfin il se leva lentement. Personne ne le dérangea pendant toute l'opération.

Le Capitaine Weber fumait une cigarette dans la cour quand le père Janin le rejoignit.

– Vous pensez qu'il s'en sortira ?

– Il n'y avait pas que la balle dans le ventre qui était mortelle, Capitaine, l'extraire a été un jeu d'enfants. Il avait des blessures bien plus graves, encore plus profondes, qui l'auraient achevé.

– Quel genre de blessures ?

– Des émotions. Cet homme a traversé l'enfer…

Le Capitaine éteignit sa cigarette sous sa botte, il resta une bonne minute à regarder le mégot puis il releva lentement la tête, il avait les yeux pleins d'eau.

– Mes gars ont vécu l'horreur absolue. À vingt ans. Qu'attendez-vous de la vie quand à vingt ans vous avez tué, écrasé, dévasté, vu vos camarades exploser, brûler vifs, torches humaines hurlantes qui se tiraient une balle dans la tête dans leur char en feu…

Le Capitaine alluma une autre cigarette en regardant le père droit dans les yeux.

– Il n'y avait plus de courant de vie dans son corps, bloqué par les émotions, surtout au niveau des organes vitaux. Je les ai dissoutes pour laisser passer son flux librement.

Il était plus que temps, il se mourait. Sa véritable guerre, c'est maintenant qu'elle commence.

– Je pense que pour lui, la guerre est terminée, père Janin.

– Le conflit est un processus inévitable, le pendant de l'harmonie. La guerre cessera un jour, c'est certain, c'est la loi universelle de l'impermanence. Alors nous vivrons à nouveau dans l'harmonie la plus pure.

Jusqu'au prochain conflit…

Le flux vital de votre ami rencontre des sensations perturbantes, transformées inévitablement en émotions fortes. Je vais l'aider à combattre ce conflit, faites-moi confiance.

Le Capitaine souffla la fumée vers le ciel. Pour lui, la dissolution des émotions devait se faire avec un tampon d'alcool iodé appliqué sur la plaie, ou quelque chose du genre, médical. Il était bien trop fatigué pour essayer de comprendre les nébulosités du père Janin. Il voulait dormir, si seulement il pouvait dormir... - Maintenant son... flux est correct ?

— Oui. Il faudra simplement que je lui montre à contrôler sa douleur quand il se réveillera.

— Vous n'allez pas lui donner de votre potion ?

— Non, je vais lui apprendre à observer, sans réagir...

Encore une fadaise de curé, pensa Weber.

— Est-ce qu'il y a quelque chose que je puisse faire pour vous, mon père, à part ne pas vous renvoyer dans la crypte ?

Le père Janin réfléchit.

— Oui, Capitaine, il y a quelque chose. Nous aimerions les autres pères et moi, retrouver nos quartiers dans le bâtiment principal. On y a nos habitudes, nos affaires. Vos compatriotes SS s'y sont installés et je vous avoue que...

Le Capitaine lui coupa la parole.

— Vous pourrez regagner vos quartiers dès ce soir. Vous avez ma parole d'officier.

— Et pour le SS qui veut me fusiller...

— J'imagine que vous n'y êtes pour rien dans cette histoire, je vous demanderais seulement de rester dans l'enceinte du Séminaire, le temps que les choses se calment un peu et qu'on y voit plus clair. Considérez-vous libre.

— Je l'ai toujours été Capitaine... lui répondit-il en souriant, vous avez également ma parole.

Le soir même, les pères émettaient derrière l'horloge. Le père Janin enleva lentement les écouteurs et souffla de soulagement.

— Bon ben voilà qui est fait, murmura-t-il, l'opération du 12 est officiellement annulée. On attend que ça se calme un peu dans le secteur avant de bouger, ordre du commandement de région. Les alliés ne sont plus qu'à trente kilomètres, avec un peu chance…

Les pères Carle et Cuvelier esquissèrent un semblant de sourire.

10
Mirabelle 36

Le père Janin venait à peine de regagner ses appartements, qu'on toqua à sa porte. C'était le Capitaine Weber.
— Que puis-je pour vous Capitaine ?
— Je... je n'arrive pas à dormir, j'ai vu de la lumière chez vous. J'ai un fond de Mirabelle que j'aimerais partager, pour vous remercier.
Le curé le regarda sans répondre. Surpris.
— J'ai l'impression de vous avoir dérangé, et puis avec ce que l'autre vous a fait subir, vous devez être crevé. Je repasserai demain et...
— Quelle année la Mirabelle ?
Le Capitaine recula, étonné.
— Trente-six, l'année de naissance de mon fils.
— Excellente année, entrez donc, je dois bien avoir deux verres à schnaps quelque part.
La cellule du père était petite, mais confortable pour un oblat[10]. Il y avait un lavabo à un seul robinet, un bureau avec une bibliothèque très garnie, il n'y avait pas de lit, mais une sorte de paillasse à même le sol avec un rondin de roseau tressé en guise d'oreiller. Dans le fond de la pièce, il y avait un de ses terribles bâtons de marche. De l'encens brûlait devant un petit autel sur lequel trônait un personnage qui ne faisait pas partie de l'Ancien Testament ni du nouveau. Un petit tabouret de bois très bas était installé juste en face.

---
10 Oblat : personne faisant partie d'une communauté religieuse, mais sans avoir prononcé les vœux.

Ils trinquèrent.

— À la vie malgré tout, Capitaine.

— À la vie…

Ils vidèrent leur verre d'un trait, en connaisseurs, claquant leur langue sur leur palais pour sublimer la quintessence de la liqueur.

— Vous savez, dit le Capitaine comme s'il avouait une tare, je ne me suis pas confessé depuis ma première communion…

— Vous croyez en Dieu Capitaine ?

— Vous savez, Dieu, il nous a un peu oubliés ces derniers temps… alors de là à y croire. Ce que j'ai vu, vécu, subi, c'est bien Dieu qui m'a envoyé dans cet enfer. Permettez-moi de douter fortement de sa miséricorde.

— Nous sommes sur terre pour souffrir Capitaine, et comprendre.

— Comprendre la souffrance ?

— En prendre conscience. Comprendre également qu'il y a un moyen de ne plus souffrir. Accepter l'impermanence et ne plus s'attacher pour ne plus revenir dans cet enfer.

— Vous parlez de religion ?

— Non, je parle d'expérience personnelle. Je ne vous demanderai jamais de croire aveuglément en l'expérience d'un autre.

— …

— J'ai choisi de me présenter à vous dans cet habit pour différentes raisons, cela ne veut pas dire que j'endosse tout ce qu'il représente. Vous aussi Capitaine Weber, chaque matin vous enfilez un uniforme d'officier de la Wehrmacht, vous vous habillez également de tout ce qu'il représente ?

Vous, un *malgré lui*[11] enrôlé de force dans l'armée allemande ?

Le père servit une rasade de Mirabelle. Ils prirent cette fois le temps d'en humer les effluves avant de la boire cul sec. Le Capitaine se pencha vers le père Janin et le regarda droit dans les yeux.

– Pensez-vous que je vais aller en enfer ?

– L'enfer, vous y êtes Capitaine, il n'y en a pas d'autres.

Ils avalèrent cul sec une troisième rasade, leurs yeux commençaient à pétiller. Le Capitaine se recula dans sa chaise et demanda la permission de fumer. Accordé, et à la grande surprise du Capitaine, le père lui piqua une cigarette et l'alluma sans rien lui dire.

Ils fumèrent un peu comme s'ils s'étaient créé une sorte de parenthèse en fumant, sans réfléchir.

Sans penser.

– Il y a deux ans, en octobre, l'aviation anglaise a lancé un raid de bombardiers dans la vallée de la Ruhr[12]. La cible était les usines sidérurgiques, mais il y avait beaucoup de brouillard sur la région. Dans le doute et au lieu de lâcher leurs bombes dans la Manche pendant le vol de retour, quand la cible n'était pas identifiée, ils bombardèrent à l'aveuglette. En espérant que...

Leurs bombes sont tombées sur une petite ville de campagne, très loin des usines. Une petite ville bien tranquille dans laquelle ma famille vivait, relocalisée. J'avais pas eu le choix de les envoyer en Allemagne, ma femme et mes enfants se faisaient traiter de sales Boches dans mon propre village en Moselle. Moi, j'avais pas choisi la Wehrmacht, c'était ça ou le peloton...

---

11 Malgré eux : français, la plupart du temps alsaciens ou lorrains, enrôlés dans l'armée allemande, souvent de force.

12 Ruhr : bassin de l'industrie sidérurgique allemande.

Il y a eu beaucoup de morts civiles dans la petite ville, dont ma femme et mes deux enfants. J'avais craint pour eux en France alors je les avais envoyés en Allemagne pour les protéger. Étrange destin n'est-ce pas ?

Ils partagèrent cette souffrance en buvant encore.

— Nous partirons demain matin, père Janin, c'est la débâcle dans le secteur, un désastre pour ce qui reste de nos troupes, ils en sont à nous envoyer des gamins avec du lait de leur mère derrière les oreilles. Comme le petit SS.

J'espère vraiment vous revoir dans d'autres circonstances… Merci pour ce que vous avez fait pour le blessé…

— Il ne pourra pas partir demain avec vous, il me faut plus de temps, il a besoin de soins et d'enseignements, sinon il risque de mourir, Capitaine.

— Combien de temps ?

— Dix jours, c'est le minimum.

Le Capitaine réfléchit en sortant une cigarette.

— Dix jours… Les Américains ne devraient pas être loin dans dix jours… Je reste avec lui, on rejoindra le groupe avec un de nos camions.

11

La décision

Les premiers ronflements se faisaient à peine entendre que nous étions tous sous le lit de Robert en réunion extraordinaire. Tous sauf Marcel. Denis avait l'air vraiment fatigué, comme vieilli, il avait quelque chose de vraiment important à nous dire.

– Les gars, j'ai réfléchi et je pense qu'il faut vraiment qu'on se barrent d'ici avant que les Boches nous fusillent.

Il y eut un long silence sous le lit. Au bout d'un long moment, Henri répondit à Denis.

– Se barrer… tu veux dire se tirer et ne pas revenir ?

– C'est ça, on décolle hors limites et on ne revient pas.

Robert apostropha Denis.

– Toi tu t'es pas retrouvé devant un soldat allemand qui avait une grosse mitraillette !

– Tu préfères te faire fusiller contre un mur ? T'as vu ce qu'ils ont fait à Germain ?

– C'est vrai, confirmai-je pour appuyer Robert, si on se fait prendre, c'est certain qu'on sera fusillés devant le mur du préau.

Il ne fallait donc pas se faire prendre… Là-dessus, nous étions tous d'accord, mais l'épisode de l'île et de l'Allemand nous démontrait cependant que nous avions de sérieuses lacunes en techniques de retraite et de camouflage devant l'ennemi.

On s'était fait avoir comme des bleus. Denis reprit son air étrange.

— Cette fois, on se fera pas prendre, parce qu'on va être invisibles. Totalement. Comme les guerriers indiens des Amériques. Ça prendra le temps qu'il faudra.

Le Cosaque me jeta un regard entendu. Autant un mensonge pouvait être confortable, utile même dans le cadre d'une intégration dans une bande établie, autant il pouvait vous amener à concevoir un philtre d'invisibilité pour sauver vos copains du peloton d'exécution.

Henri, le pragmatique, souleva le premier problème d'importance avec la fugue du groupe.

La bouffe.

En été, il avait été convenu qu'on pouvait rapiner dans les vergers et les fermes, pêcher dans la rivière, d'ailleurs le Cosaque nous affirma qu'il savait attraper des truites à mains nues, Serge lui a répondu que c'était parfait, mais que dans notre rivière il n'y avait pas de truites, seulement des ablettes et des goujons. C'était déjà moins gastronomique et puis choper à la main des petits gobies vifs comme l'éclair…

La question était encore plus compliquée en hiver…

— Vous voyez, si vous aviez gardé la mitraillette, on aurait pu aller chercher du secours nous-mêmes chez les partisans, mais bon, vu qu'on a même pas une mitraillette pour nous défendre…

Denis le poussa du coude.

— Tu sais comment ça marche toi une mitraillette? Et tu sais même pas où c'est qui sont les partisans, alors…

— Je sais pas où ils sont, mais je sais où ils vont être…

— Et ils vont être où ? Face de pet !

C'est Robert qui lui a répondu. Il semblait avoir recouvré un peu de condition.

— À la ferme, dans deux jours, c'est là qui seront les partisans. Seulement, y'aura personne pour les attendre, vu que les curés sont coincés ici avec les Boches.

— ...

C'est là qu'on a tous commencé à réfléchir. Si on pouvait se pointer à la ferme à la nuit et à l'heure prévue, les partisans atterriraient et nous sauveraient tous avec leur cargaison d'armes et leur équipe de militaires. Peut-être même qu'ils nous auraient emportés dans leur avion...

Il fallait aller à la ferme abandonnée et organiser le champ d'aviation. C'était notre unique chance d'éviter le peloton d'exécution.

Denis fut plus rapide que moi, c'était tout de même lui le chef.

— Bon, ce qui faudrait c'est qu'on aille à la ferme et qu'on organise le terrain d'aviation à la place des pères.

— Comment tu veux qu'on organise un terrain d'aviation ? On n'y connait rien ! lui demanda Serge qui semblait toujours frustré de ne pas avoir de mitraillette.

— Je vous signale à tous que le père de Lucien est pilote d'avions et que la dernière fois que vous êtes tous allés aux abris comme des mauviettes, ben c'était le père de Lucien qui passait lui faire un petit coucou avec son bombardier. C'est pour ça qu'on est pas venus aux abris, bande de nazes, Lucien le savait. Alors, pour la chose aérienne, on a un spécialiste. Comment tu vois ça, Lucien ?

Comment pouvais-je donc voir ça...

— Et bien les gars, il faudrait qu'on aille préparer un champ pour qu'un avion puisse se poser la nuit. J'ai vu comment ils faisaient avec des fumigènes pour mon père, mais nous, faudra qu'on prépare des feux. Et qu'ils brûlent à l'heure précise. Faut aller repérer le terrain d'aviation près de la ferme abandonnée…

Il fut convenu séance tenante que nous irions en repérage et préparation à la ferme, dès la nuit suivante.

Nous étions à l'étroit dans le boyau qui courait sous les toits, mais j'essayai de ne pas y penser. Claustrophobie. Toute la bande était devant moi, sauf Marcel. Robert avait la colique, il avait bien essayé de se défiler, mais finalement, il était venu quand même. Moi aussi j'avais des envies plus souvent qu'autrement, ce n'était pas ce qu'on pourrait appeler, une petite sortie hors limites.

C'était une mission de guerre !

Et comme dirait Serge, on avait même pas une mitraillette !

En moins de dix minutes, nous arrivâmes sans encombre à la lisière des sapins, juste avant de nous fondre dans les profondeurs de la forêt mystérieuse. On se tenait par la main, je leur avais expliqué que c'était comme ça que faisaient les Indiens pour ne pas se perdre la nuit en forêt. Ça nous arrangeait bien, on avait tous les chocottes de tomber sur un Allemand avec une mitraillette. Le passage du bras mort se fit en souplesse, nous connaissions maintenant sa profondeur abyssale : un pied, soit environ trente-trois centimètres.

Nous arrivâmes enfin à la petite barque qui sentait le goudron. Nous traversâmes en glissant sur l'eau, sans clapotis. Pour atteindre la ferme, il fallait couper à travers un immense champ, le futur terrain d'aviation.

Au loin, la guerre grondait, elle s'approchait inexorablement au son du canon qui martelait la cadence. Elle serait là bientôt.

On arriva enfin à la ferme abandonnée. C'était lugubre et on n'en menait pas large.

— Qu'est-ce qu'on fait maintenant Lucien ? me balbutia Denis visiblement pressé de rentrer au Séminaire.

— Faut qu'on vérifie qu'il y a pas de clôture à vaches ou d'autres trucs au milieu du champ et puis après on installe les feux.

— Et avec quoi qu'on va les allumer tes feux ?

— Avec notre écorce de bouleau, répondis-je sûr de moi, ça brûle même quand il pleut.

J'étais sûr de moi, car c'était un truc de trappeur que Félicien m'avait appris. Trouver de l'écorce de bouleau et démarrer un feu. Dans la forêt du bras mort, des bouleaux il y en avait plein, on avait pris la peine de s'en mettre plein les poches.

Il était bien délimité le terrain avec ses dix feux presque alignés sur pratiquement deux kilomètres de champ. Je m'étais basé sur la longueur de la piste d'où décollait mon père à la Malbaie, pour calculer approximativement la nôtre. On s'était séparé les tâches, Denis et moi avions préparé les feux avec l'écorce de bouleau, de la paille et du bois sec, les autres vérifiaient les clôtures et barbelés éventuels. Serge avait voulu fouiller la ferme pour voir si les résistants n'avaient pas laissé une mitraillette par hasard. Mais non.

Ça nous a pris une bonne partie de la nuit pour installer les feux, le ciel commençait à pâlir sur l'horizon quand on a terminé le dernier, il était temps de rentrer.

Quand le soleil s'est levé ce matin-là, la patrouille SS a découvert le terrain au cours de sa première ronde. Les résistants avaient bien fait les choses, sauf pour le camouflage…

Tout était prêt pour un atterrissage imminent.

Le soleil montait doucement de l'horizon sur la campagne brumeuse. Il allait faire chaud aujourd'hui. La rosée du matin s'évaporait en exhalant des effluves de chèvrefeuille, de foin et de terre mélangés.

Ça sentait l'été.

Le lieutenant SS était assis dans sa Kubelwagen[13], il réfléchissait en fumant et en buvant du café préparé par le sergent. Ses hommes avaient fouillé minutieusement la ferme et les environs, ils n'avaient rien trouvé.

Il se tramait quelque chose. Le sergent de compagnie, le vieux briscard qui avait pas mal bourlingué sur tous les fronts, s'approcha du jeune officier.

– Ils vont poser un avion cette nuit mon lieutenant, la nuit prochaine il va pleuvoir, ils ne pourront pas allumer leurs feux. Il va y avoir du mouvement ici, c'est sûr.

– On va leur tendre un piège, sergent…

– Un piège, mon lieutenant ? Nous ne sommes que deux groupes de combat sans expérience, que voulez-vous qu'on fasse avec une douzaine de gamins des Hitlerjugend qui n'a jamais eu le baptême du feu ? Il peut y avoir beaucoup de monde en face, aguerris et bien équipés. Il nous faudrait au moins une section de kommandos pour tenter le coup, mais le temps qu'ils arrivent…

– Sergent, c'est notre unique chance de détruire ce réseau, et la Kommandantur[14] en a fait une priorité. Non, ce qu'il faudrait, c'est leur tendre un piège et amener les Kommandos ici en avion, le plus rapidement possible.

– Maintenant ?

---

13 Kubelwagen : petit véhicule militaire allemand, ancêtre de la coccinelle.
14 Kommandantur : commandement allemand

Le lieutenant cravacha violemment la tige de sa botte. Il avait une idée, le sourire en coin.

– Non, cette nuit. Dès que leur avion sera au sol on l'attaquera à la mitrailleuse pour le bloquer pendant que le nôtre atterrira avec les kommandos. Il suffit d'attendre que les partisans allument leurs feux, ce sera le signal du lancement de l'opération.

Le vieux sergent alluma une cigarette, il avait connu pas mal de jeunes officiers comme le lieutenant à Stalingrad, aucun n'en était revenu.

– Vous pensez que la Kommandantur va nous envoyer un avion et des kommandos ?

– Si je leur assure qu'on va décapiter la tête de ce réseau et saisir un avion ennemi avec son équipage, ils m'enverront tout ce que je demande, sergent.

Dans l'après-midi, les chars quittèrent le Séminaire, ne laissant sur le terrain de football que des traces de chenilles et des volutes de fumée bleutée. Le Capitaine Weber avait serré la main à tous ses soldats et était resté longtemps planté dans la cour après que le dernier blindé ait tourné le coin de l'étude.

Reverrait-il ses frères d'armes un jour ?

Nous aussi on avait regardé les chars qui partaient et le Capitaine qui restait, mais nous avions d'autres préoccupations. Nous devions sauver notre petit monde…

– Tout le monde est toujours d'accord pour ce soir ?

Denis espérait peut-être une défection massive, ce qui lui aurait permis d'annuler la mission en préservant sa fierté de Cosaque. Avouons-le, nous étions terrorisés par notre propre aventure, c'était quand même une question de vie ou de mort. On allait goupiller une opération clandestine d'envergure impliquant des partisans et un atterrissage d'avion sur un terrain que nous avions nous-mêmes préparé. Le tout avec des patrouilles allemandes au Séminaire et dans les environs. Fallait quand même être gonflé ou totalement imbécile pour faire ça…

Serge pensait encore à sa mitraillette.

– Et on fait quoi si on tombe sur une patrouille ? On est pas armés et on sera pas mal à découvert dans le champ…

– Il faudrait qu'on ait une cachette près du terrain pour qu'on ait le temps d'allumer les feux et se planquer après, des fois que les Boches se radineraient. Une bonne cachette…Robert en connaissait une près de l'étang, il y avait une cache pour la chasse au canard à demi immergée dans le petit étang.

– Elle est en plein milieu des roseaux, impossible de la voir, l'avion devrait passer juste au-dessus quand il va se poser.

– J'ai jamais remarqué qu'il y avait une cache à canards dans l'étang moi ? dit Henri avec un air soupçonneux.

– C'est pour ça que c'est une bonne cache lui répondit Robert, en se dirigeant vers les toilettes.

La mission de cette nuit lui tombait encore sur les intestins. Il fut décidé que cette nuit, nous allions attendre nos sauveurs dans la cache à canards de l'étang du bout du champ de la ferme abandonnée.

Une Traction[15] noire tourna le coin du bâtiment de l'étude et se stationna dans un crissement de pneus. Elle n'avait pas le monstrueux gazogène qui déformait la silhouette de tous les véhicules civils. Trois hommes à gabardine et chapeaux mous en sortirent

---
15 Citroën Traction : voiture française utilisée autant par la milice que par les résistants

précipitamment. Les trois saluèrent le Capitaine Weber du geste nazi. Le Capitaine se dirigea vers le père Janin qui sortait du dispensaire après sa visite au blessé.

– C'est la Gestapo[16]. Je me demande bien ce qu'ils viennent faire ici.

– Chercher des partisans, Capitaine. Ils viennent pour m'interroger et me fusiller bientôt.

Le Capitaine regarda le Chevalier droit dans les yeux, cherchant à percer son mystère, quel genre d'homme pouvait tuer son prochain et le sauver ensuite ?

– Ils ne vous feront rien tant que je serai là… - Et que je soigne votre ami, Capitaine, mais quand vous serez partis…

Le Capitaine ne répondit pas, avec ce que la guerre lui avait fait vivre, il ne savait plus mentir pour rassurer, il sonnait trop faux.

---

16 Police politique allemande

12

La nuit de tous les dangers

La lune était ronde et claire, énorme. Toute la campagne profitait de sa lumière argentée, nous aussi. Nous avancions rapidement dans cette nuit sans nuages. Une nuit délicieusement étoilée, infinie, comme à Noël quand mon père m'expliquait les étoiles, ces nuits-là, forcément les étoiles étaient magiques, tout devenait magique, le sapin, les amis, le repas, le bonheur... Le bonheur du chalet de l'île-aux-Coudres...

Une nuit parfaite pour sauver le monde. Ou mourir.

Nous eûmes tôt fait d'arriver à la ferme. Tout était en place, comme nous l'avions préparé la veille, parfait. À bien y penser, c'était pas si difficile que ça de sauver le monde, il suffisait d'un peu de courage et d'organisation et le tour était joué. Nous allions allumer nos feux à l'heure convenue, nous planquer dans la cache à canards de l'étang du bout du champ et attendre patiemment, parfaitement protégés comme si on avait bu l'eau des arbres, l'eau de la mare à canards...

Heureusement que Robert était là, parce que la cache à canards, personne ne l'aurait trouvée. C'était l'heure. On s'était tous plus ou moins regardés dans la cahute, parce que c'était assez sombre et qu'on avait qu'un petit morceau de cierge pour nous éclairer, mais on avait vraiment la trouille, une peur qui nous nouait les tripes et nous gardait muets comme des carpes. Je pensais aux copains du Séminaire dans leur lit, peinards, insouciants, alors que des héros qu'ils connaissaient qui connait des héros ? allaient allumer des feux de signalisation que les Allemands pourraient voir.

Que les Allemands allaient forcément voir.

Ça n'a pas été long avant que le terrain ne s'illumine de tous ses feux. Nos foyers étaient bien allumés et nous avions maintenant un magnifique terrain d'aviation éclairé comme la ruelle du petit Champlain de Québec le soir de Noël. De fantastiques colonnes d'insectes incandescents fonçaient dans le firmament pour rejoindre les étoiles. C'était vraiment beau et je n'étais pas peu fier d'avoir été le maître d'œuvre de toute cette organisation féerique.

Notre piste brillait comme les étoiles.

Nous déguerpîmes en vitesse vers la cache aux canards, des lumignons pareils, ça pouvait attirer toute sorte de monde. C'était bon de se sentir invisible, invulnérable. Dans cette planque aux trois quarts immergés, j'éprouvais le même sentiment de parfaite sécurité ressenti dans la casemate de papier, derrière l'horloge. Henri me poussa du bras et me chuchota à l'oreille.

— L'eau de la mare aux canards l'Indien, on est invisibles…

De l'autre côté du champ, sous les frondaisons, le jeune lieutenant SS fumait clope sur clope. Il avait joué son avenir d'officier dans cette opération. Il avait observé l'allumage des feux à la jumelle, mais impossible dans la pénombre d'identifier qui que ce soit. Les terroristes avaient dû se planquer dans la ferme, comme prévu. Le plan se déroulait à merveille, il ne restait plus qu'à attendre l'avion et lancer l'opération.

Les deux groupes de combats SS étaient tapis dans le petit bois. Ils avaient observé les feux qui s'allumaient et ils attendaient les ordres.

Pour le moment, il ne se passait rien.

Dans la cache à canards, on commençait à se poser des questions. Denis s'était installé sur le toit pour observer les lueurs des feux et le bruit d'un avion qui approchait. Mais rien...

On entendit un ruissellement sur le côté de la cabane.

– Il pleut ? demanda Henri qui craignait que la pluie n'éteigne les feux.

– Non, je pisse un coup, t'affole pas.

Denis regardait machinalement en direction du petit bois. Il crut apercevoir une petite lueur rouge qui apparaissait à intervalles réguliers puis disparaissait. La lueur réapparut dans les frondaisons, brève, intense, incandescente comme la lueur d'une clope.

Denis débarla en trombe de son perchoir et s'engouffra paniqué dans la cache en explosant au passage Robert contre le mur de planches.

– Les gars, y'a quelqu'un dans le petit bois, j'ai vu une lueur de cigarette !

– T'as vu la lueur d'une cigarette d'aussi loin ? Ça fait plus d'un kilomètre, Denis.

– J'te dis que j'ai vu une lueur, t'as qu'à aller voir, l'Indien toi qu'es si malin !

Gonflé d'orgueil après le succès de la préparation du champ d'aviation, je sautai souplement sur le toit et scrutai les frondaisons de la forêt. Je la vis ! La lueur était bien visible malgré la distance, rouge orangé, incandescente. Une clope !

Les yeux d'un Indien valaient bien ceux d'un Cosaque, je sautai du toit et entrai comme une furie dans la cabane à canards en bousculant Robert qui tomba à terre en gueulant qu'on n'était pas obligés de le culbuter à chaque fois qu'on observait des feux follets dans les frondaisons. Merde...

— Calvaire, je l'ai vue aussi, y'a quelqu'un qui fume une clope dans la forêt.

— Ah, tu vois !

C'était le cas de le dire. Denis était content que je partage ses visions, cependant, il y avait quelqu'un dans la forêt qui attendait l'avion comme nous... en fumant tranquillement. Il émit une hypothèse.

— Pourquoi les partisans attendraient dans le bois plutôt que dans la ferme ? C'est bizarre, ils devaient attendre dans la ferme.

— C'est peut-être les Boches, avança Robert, toujours prudent.

— Et comment que les Boches auraient su qu'un avion atterrirait cette nuit, ma gueule de raie ?

Denis était passablement énervé avec cette présence dans la forêt.

— Ben ça se peut qu'ils aient trouvé le champ en patrouillant, ils patrouillent tout le temps les Allemands.... Avec nos feux tout organisés pour cette nuit, on avait quand même préparé un superbe terrain d'aviation, non ? Visible de jour comme de nuit...

Robert, avec sa remarque pour le moins sarcastique, venait d'imposer le silence. Je me demandais si je ne le préférais pas petit pleurnichard tremblant plutôt qu'en donneur de leçons. Denis pensa à voix haute.

— Alors ça voudrait dire qu'on est dans une grosse merde si les Boches sont dans le bois et qu'ils nous ont vus allumer les feux. Il vaudrait mieux qu'on se tire les gars, avant que ça pète pour de bon !

Robert lui prit le bras, il avait vraiment repris du poil de la bête, l'animal.

– Ici, je te garantis qu'ils nous trouveront jamais. C'est une de mes meilleures planques et vu que le paysan s'est barré, les roseaux n'ont jamais été aussi hauts et fournis. Faites ce que vous voulez, mais moi je reste ici peinard jusqu'au petit matin et après je rentrerais tranquillou par la Sacristie. Et puis, l'avion, j'ai comme l'impression qui va pas venir…

Tout le monde fut entièrement d'accord avec la décision de Robert, nous étions revêtus du philtre d'invisibilité de la cache aux canards, autant en profiter. Robert monta sur le toit de la cahute avec moi, on écarta un peu les roseaux pour voir notre terrain, il y avait deux feux qui s'étaient éteints.

– T'as vu Robert, il y a deux feux qui se sont éteints à peu près à la même hauteur.

– C'est ceux près du fossé de drainage, forcément c'est plus humide.

– C'est quoi ça, un fossé de drainage ?

– Ben c'est là que s'écoulent les eaux de pluie et de ruissellement des champs !

– Ah… C'est profond comment ton fossé ?

– Un mètre, plus ou moins.

– Trois pieds ?

– Un mètre… j'ai dit, pas trois pieds. De toute façon t'aurais pas pu le voir, l'herbe le recouvre. Moi je le sais parce que c'est là que j'attrape les crapauds et les grenouilles pour la Fiole (le professeur de sciences naturelles…).

— T'es en train de me dire qu'il y a fossé à grenouilles de trois pieds de creux au milieu du champ ? Sacrifice de saint sacrifice ! Si l'avion se pose là-dessus, il va capoter !

On cogna le toit de la cabane de l'intérieur, c'était Henri.

— Vous allez arrêter de gueuler comme ça bande de cons, vous voulez nous faire repérer !

— C'est Lucien, il gueule comme un putois parce qu'il vient de découvrir qu'il y a un fossé de drainage au milieu du champ d'aviation.

— Y'en a dans tous les champs des fossés de drainage, sinon ils seraient tous inondés quand il mouille à vache qui pisse !

— Sainte-Anne-de Beaupré de Saint-Ciboire ! Il va jamais pouvoir se poser l'avion avec une tranchée en plein milieu du terrain ! Je vous avais demandé de vérifier, calvaire !

— Et minute papillon ! me répondit Henri qui semblait toujours nourrir une petite crotte de jalousie à mon encontre, tu nous as bien demandé de vérifier s'il n'y avait pas de clôture ni de barbelés dans le champ, t'as jamais parlé de fossé de drainage. Et puis tout le monde le sait qu'il y a des fossés de drainage dans les champs…

— Chez nous, on laisse l'eau monter sur les battures, on ne draine pas au Québec… J'en savais rien, mais fallait pas que je perde la face devant Henri et les autres. Henri n'en avait pas terminé avec moi…

— … et puis c'est qui le spécialiste de l'aviation avec son père qui pilote des bombardiers pour nous faire peur ? Qui a choisi le terrain d'aviation ? nous, on t'a demandé si un avion pouvait se poser, et t'as répondu oui.

– Il a raison confirma Denis, le spécialiste de l'aviation, c'est toi. Fallait nous expliquer pour les fossés, comme pour les barbelés. De toute manière les gars, les feux seront éteints dans un petit quart d'heure, alors on s'affole pour rien, il viendra pas cette nuit leur avion. On attend le petit jour et on fait comme a dit Robert, on rentre par la Sacristie.

J'étais quand même content de rentrer, tout ce que je voulais maintenant, c'était retrouver mon lit et ses zones fraîches à réchauffer. C'était vraiment pas facile comme boulot, celui de héros.

Mais, qui allait nous sauver du mur du préau et de son peloton ?

Le lieutenant SS éteignit sa clope, le sergent lui avait expliqué qu'on pouvait voir une lueur de cigarette à plus d'un kilomètre à la ronde, mais il s'en foutait. C'était lui qui commandait.

– On annule l'opération mon lieutenant ? Les feux vont bientôt s'éteindre, leur avion ne viendra plus cette nuit.

L'expérience militaire du vieux sergent le poussait à croire que c'était la meilleure chose à faire, cette opération lui paraissait pour le moins scabreuse, dirigée surtout par un individu dont l'égo était à la juste mesure de son incompétence.

– Négatif Sergent, on n'aura peut-être pas leur avion, mais on aura les terroristes dans la ferme. Notre avion est déjà en vol, on lance l'attaque comme prévu, ils vont avoir une sacrée surprise les partisans, ils attendent un avion, on va leur en envoyer un !

Que le Junkers[17] se pose maintenant, on attaque ! Prévenez nos groupes de combat.

---

17 Junkers : avion de transport allemand.

On attendait patiemment que l'horizon pâlisse avant de décaniller vers la Sacristie. Il y eut d'abord comme une vibration.

– Vous entendez pas comme un bruit les gars…

En tant que spécialiste de la chose aérienne, je l'avais entendu le premier. En fait, je l'avais senti vibrer le premier. Maintenant on l'entendait bien.

L'avion approchait pour se poser dans le champ d'aviation illuminé par nos feux. Celui avec le fossé de drainage en plein dans son milieu. Cet avion ne devait pas se poser, ce serait une catastrophe. Il fallait trouver un moyen de le prévenir. Denis essaya de me raisonner.

– Qu'est-ce que tu veux qu'on fasse Lucien ? Il fait nuit noire, il nous verra pas et pis y'a peut-être les Boches dans le bois, Lucien… Faut qu'on se barre… Je la sens pas cette histoire…

– Allez-y les gars, mais moi, je les laisserai pas se planter par ma faute. Je vais essayer de les prévenir avec un bâton enflammé au bout du terrain quand ils seront en approche. Ils pourront pas me louper. Je vous demande pas de me suivre, allez-y, on se retrouvera au Séminaire…

J'affichai mon air fataliste, le genre plein de sous-entendus qui les ferait terminer ma phrase dans leur tête : ou pas… peut-être qu'on se retrouvera pas au Séminaire…

Robert en avait les larmes aux yeux.

– Tu oublies qu'on est du mauvais côté du champ, alors on est tous coincés avec toi, Lucien…

Y'avait de quoi avoir les larmes aux yeux.

Denis se leva d'un bond.

– J'y vais avec Lucien, il a raison on va pas les laisser se planter par notre faute. On va se mettre au bout de la piste et lui faire des signes. Ça va marcher.

– Et les clopes dans le bois, si c'est des Allemands ?
Robert s'était remis à trembler.
– Ben faudra courir vite dans ta meilleure planque, Robert, le plus loin possible. Quelqu'un a une autre solution ? demanda Denis qui n'avait pas l'air plus rassuré que moi.
Henri s'avança.
– Oui, j'en ai une bonne moi, de solution : on se tire d'ici en vitesse avant que ça pète de partout, on rentre fissa au Séminaire et on laisse passer l'orage. Un jour les alliés nous libèreront les gars, ils ne sont plus très loin, alors…
– Alors on les laisse crever parce qu'on a merdé ? On serait pires que les SS avec Germain, de vrais salauds.
– Je préfère être un salaud vivant qu'un héros mort. Et pis, c'est qui le spécialiste de l'aviation qui nous a foutu dans une merde noire ?
Denis chopa Henri au collet.
– Tu commences à dire des conneries Henri, alors arrête.
Henri a dit d'accord. Il n'avait pas vraiment le choix.
Nous sortîmes très courbés de la cabane à canards pour nous diriger vers le terrain. La moitié des feux brûlait encore, c'était limite. L'avion arrivait, on était en bout de piste à chercher des tisons, quand le terrain s'illumina. L'avion avait des phares, très puissants, et il arrivait sur nous. Il était au-dessus du petit bois des clopes, j'avais jamais vu un avion voler aussi bas, aussi lentement.
Nous, il fallait qu'on trouve des tisons pour lui faire des signes.

Trop tard, l'avion nous survola dans un vacarme si effroyable, qu'on se jeta à terre en hurlant. Je me retournai sur le dos pour voir le ventre de la bête. Je hurlai encore plus fort, une terreur absolue !

Il y avait des croix gammées peintes sous les ailes et le fuselage.

On s'est mis à courir comme des malades vers la cache à canards, fallait prévenir les autres et se barrer en quatrième vitesse. C'était réellement une question de vie ou de mort. Encore une fois.

L'avion s'était posé et roulait sur l'herbe. Il arrivait à la moitié du terrain.

On venait de débouler tous les deux dans la cabane, en éclatant Robert au passage contre la porte de la cache, quand il y eut comme une explosion sourde puis plus rien. C'est là que le ciel s'est embrasé et qu'on a entendu des cris. Il y eut tellement de fumée que la lune disparut complètement, et aussi toutes les étoiles. Ça faisait vraiment peur, vraiment, cette carcasse d'avion en feu la queue levée vers le ciel et cette nuit sans lune et sans étoiles. Les ténèbres infernales.

De longues rafales d'insectes verts luminescents surgirent en crépitant de la forêt des clopes. Deux mitrailleuses crachaient des gerbes d'étincelles sur la façade de la ferme, leur course déviée, les balles se perdaient dans les champs en sifflant. Y'en a une qui a coupé un roseau et plongé dans l'étang juste devant la cabane, on a tous compris qu'il fallait se barrer au plus vite.

Trois fusées éclairantes allumaient la campagne d'une clarté blafarde, électrique, on ne savait plus où se foutre, on y voyait comme en plein jour. Des soldats sont sortis du bois des clopes en formation de combat, les mitrailleuses hurlaient toujours et eux ils tiraient avec leur mitraillette tout en courant. Autant vous dire que ça canardait pas mal. Le plus embêtant, c'était que tout ce beau monde aéroporté et terrestre nous barrait le chemin du retour vers le Séminaire.

Et le grand maître de cérémonie de cette apocalypse biblique, eh ben c'était moi…

Les soldats couraient vers la ferme, c'était leur objectif, ce qui fait que personne ne nous a remarqués à découvert dans le champ, sous le feu des projecteurs des fusées éclairantes. Au loin, il y avait une forêt qu'on ne connaissait pas, on a couru à perdre haleine pour se jeter dans ses frondaisons, les jambes flageolantes, le corps trempé de sueur et de peur panique. Denis nous emmena un peu plus profondément jusqu'à une petite clairière dans laquelle nous nous allongeâmes sans un mot.

Denis faisait le guet un peu plus loin. Je me dis que les Cosaques étaient de meilleurs guerriers que les Indiens et que je le lui dirais un jour.

Le calme de la campagne avait repris ses droits, des petits oiseaux s'étaient mis à chanter. Timidement d'abord, puis à mesure que l'aube pointait, leurs trilles se firent plus soutenus et joyeux.

Par la force des choses, nous avions fugué. Le Séminaire nous était foncièrement interdit.

Nous décidâmes de nous éloigner le plus possible du terrain d'aviation et du Séminaire. Il fallait qu'on trouve du secours, mais où ? Henri avait émis l'idée de traverser la forêt jusqu'à la première route et de la suivre jusqu'à la prochaine ville libérée et les Américains…

Robert l'avait tout de suite repris.

– Et si on tombe sur des Boches plutôt que sur des Américains ?

Toujours ce même problème avec les Boches. Impossible de savoir où ils allaient se trouver, il fallait toujours supputer avec eux.

– Henri a raison les gars, il faut trouver une putain de route et la suivre jusqu'à qu'on trouve du secours, des partisans ou des alliés. On n'a pas le choix.

Henri nous ramena à une réalité bien terre à terre.

– C'est pas le tout les gars, mais qu'est-ce qu'on va bouffer ?

13

Le pot aux roses

Le père Janin arpentait le petit chemin qui longeait le terrain de football, devant les deux rangées de sapins. Son intuition première se transforma en certitude à mesure que le soleil montait à l'horizon. Il y avait eu un accrochage très sérieux cette nuit et les gamins de la bande à Kaczki n'étaient pas présents à l'appel du matin.

Ils étaient sortis hors limites et il s'était passé quelque chose dans le secteur de la ferme.

Coïncidence... l'opération du douze avait été formellement annulée, ou bien...

Par précaution le père Cuvelier montait la garde à la Sacristie, mais personne n'était revenu par cette sortie. La patrouille SS était arrivée au petit matin fourbue, fatiguée, les soldats tirant des gueules de cinq pieds de long, la nuit avait été difficile et le jeune lieutenant gueulait plus fort que d'habitude, sous les yeux dépités du vieux briscard de sergent.

Le Capitaine Weber était au réfectoire, il avait certainement parlé avec les soldats, le Père Janin décida de le rejoindre.

Weber était assis seul à une table, buvant un bol d'ersatz de café en fumant une cigarette. Lui aussi avait l'air crevé, comme quelqu'un qui n'aurait pas dormi de la nuit. Le père s'était servi une tasse de faux café. Machinalement, il avait attendu Germain...

– Vous avez l'air soucieux… c'est à cause du grabuge de cette nuit ?

Le père Janin regardait son bol sans rien dire. Pensif.

– On dirait que la patrouille a eu des problèmes, n'est-ce pas ?

– C'est rien de le dire, j'ai parlé avec leur sergent. Ils avaient trouvé un terrain d'atterrissage des partisans, près d'une ferme, pas très loin d'ici. Ils ont monté une opération avec des kommandos et un avion pour les surprendre directement sur leur propre terrain, mais ça a foiré et leur avion s'est retourné. Il y a eu des morts. Le jeune SS est en furie.

– Et les partisans…

– Volatilisés. Ils les ont vus allumer les feux du terrain d'aviation puis plus rien. La patrouille les a cherchés toute la nuit sans succès.

Le père Janin traversa la cour vers la chapelle et la Sacristie. Quelqu'un qui l'aurait bien connu aurait tout de suite remarqué à son pas nerveux que quelque chose de grave le tourmentait. Le père Cuvelier était toujours là à attendre en vain.

– Qu'est-ce que c'est que cette histoire d'avion, l'opération du douze a bien été annulée… Tu penses que les Allemands ont intercepté nos messages ?

– Certainement. Il faudrait faire disparaître la valise, ils vont la chercher. Ce qui est bizarre, c'est qu'ils connaissaient la date de notre opération, mais pas son annulation.

Le père Janin réfléchissait à voix haute.

– Ce n'est pas une coïncidence Auguste. La fugue de la bande à Kaczki a quelque chose à voir avec ce qui s'est passé cette nuit. J'en suis persuadé. Quand les SS vont s'apercevoir que toute la bande manque à l'appel, ils vont arriver aux mêmes conclusions, il leur faut absolument des coupables.

À fusiller avec moi.

– Ils ne sont pas tous partis cette nuit, Ricot est encore ici, précisa le père Cuvelier.

– Ricot ? Il faut lui parler au plus vite, avant les Allemands.

Ricot était au dortoir, assis sur son lit, il lisait le dernier des Mohicans qu'il avait piqué à Robert. Lui aussi se demandait bien où était passée la bande. Ils étaient définitivement partis sans lui.

Les pères lui demandèrent de les suivre à l'étage, dans leur piaule. Marcel Ricot n'en menait pas large. La flamme noire dansait dans les yeux du Père Janin, de questions, il ne lui en posa que trois.

– Sais-tu où sont tes camarades, Marcel ?

À peine le père avait formulé sa demande que la réponse fusa.

– Non, je ne sais pas mon père, comment je pourrais le savoir, ils m'ont viré de la bande !

Marcel se mit à pleurnicher, la flamme des yeux du père Janin lui donnait comme une sensation de vertige, il se sentait mal.

– Pourquoi t'ont-ils viré de la bande Marcel ?

– Ben, vous savez bien, parce que je voulais aller voir le directeur... À cause de Miron

Le Père Cuvelier se pencha vers lui.

– Es-tu allé parler au directeur ?

– Non j'vous jure, j'avais promis !

– Ne jure pas s'il te plait. Le père Cuvelier semblait perplexe. Dis-moi Ricot, à ta connaissance, est-ce qu'il y aurait une raison pour que la bande à Kaczki aille hors limites la nuit ?

— Non, la nuit, on va jamais hors limites. On va plutôt dans la cabane derrière l'horloge…
— ?

Les deux pères échangèrent un regard étonné, Ricot continua.

— L'autre nuit, on vous a vu avec les autres pères et votre valise avec la TSF à l'intérieur. On vous a vu avec le casque et l'appareil et on a tout entendu. On sait que vous êtes des résistants et que vous aviez une opération avec un avion la nuit du douze.

Le père Janin attrapa Ricot par les épaules.

— … et vous avez décidé d'aller voir l'avion qui se posait la nuit près de la ferme. Un tel spectacle ne se manque pas… - Je ne sais pas mon père, je sais vraiment pas ce qu'ils sont allés faire là-bas.

— Je te crois, Marcel, tu peux partir. Inutile de te préciser que toute cette histoire tu la gardes pour toi.

Marcel rejoignit le dortoir soulagé, se jurant à lui-même que jamais, Ô grand jamais, il ne parlerait, il l'avait promis à la bande, alors…

Les deux pères restèrent longtemps dans leur piaule, silencieux.

La bande à Kaczki volatilisée, le SS et la Gestapo allaient forcément chercher qui faisait également partie de ce groupe de galapiats. Ricot ne tiendrait pas longtemps quand la Gestapo allait l'interroger.

Les pères venaient de décrocher un ticket de première pour le mur du préau.

14

La forêt

Nous étions toujours dans la forêt à nous poser de sérieuses questions sur notre sort. Il nous fallait absolument trouver une route avec un panneau indicateur. Aussi loin que nous puissions regarder, il n'y avait même pas de chemin forestier, pas plus de sente ou de piste. Le Cosaque était un peu décontenancé.

Nous aussi.

Denis décida de se fier au soleil pour choisir notre direction qui serait plein sud. Nous pensions tous que la liberté était au sud, aucun doute là-dessus.

— Bon le soleil se lève à l'ouest, donc le nord est par là. Vu qu'on va à l'opposé du nord, le sud se trouve donc par là.

Denis pointa une direction du doigt, catégorique. Robert se leva.

— Euh, excuse-moi, mais le soleil ne se lève pas à l'ouest mais à l'est.

Je confirmai. Denis nous regarda, perplexe.

— Ah ouais, c'est vrai j'avais oublié qu'ici le soleil se lève à l'est… chez nous les Cosaques, c'est le contraire.

Personne n'avait envie de contredire Denis, c'est lui qui allait nous guider de toute manière.

— Donc, puisque le soleil se lève à l'envers ici, pour aller au sud, on va aller par là.

Il pointa la direction opposée à sa première indication. Au moins nous avancions vers quelque part.

Prudent, Denis délégua les calculs d'orientation à Robert qui semblait plus familier avec les points cardinaux. Tout le monde fut rassuré.

Nous marchâmes toute la journée sans rencontrer âme qui vive ni la plus petite route de campagne. La faim commençait à nous tenailler sérieusement, mise à part la tsampa sauvage qui colorait notre urine, nous n'avions rien mangé depuis la veille.

— Je boufferais une vache sur pieds, lança Serge.

La faim lui avait fait oublier la mitraillette…

— J'ai même pas vu de vaches ici, au Québec on en a plein des vaches. Partout, et puis des chevreuils, des castors…

Serge se tourna vers moi.

— Vous avez pas la guerre au Québec, les Allemands nous les ont piquées nos vaches. Et pis tu les bouffes pas tes castors…

— Certain qu'on les bouffe les castors, qu'est-ce que tu crois ? Les Indiens, ils en mangent souvent !

— Ah bon ? T'en as déjà mangé toi, du castor ?

— Bien sûr que j'en ai déjà mangé. Le meilleur c'est la queue, on réserve ça pour le Chef.

La chose culinaire interpella Henri qui salivait déjà

— Et le chef des Cosaques, il mange quoi, lui ?

Denis ne répondit pas tout de suite. La question l'avait pris un peu au dépourvu. Il fallait tout de même contrecarrer l'exotisme de ma queue de castor comme mets de chef.

— Des roustoks.

— ?

— Le chef des cosaques mange des roustoks.

— C'est quoi ça ?

— Des couilles d'ours…

Toute la bande éclata de rire.

– Et avec la peau des couilles d'ours, le chef se fait un porte-monnaie, d'où l'expression, ça vaut la peau des couilles, on devrait dire plutôt, ça vaut la peau des roustoks de l'ours du chef.

– Jamais entendu cette expression.

– Normal, vous avez pas de Cosaques au Québec, juste des Indiens.

Le ciel s'obscurcissait lentement, de gros nuages roulaient à l'horizon, lourds et menaçants.

– Manquerait plus qu'il flotte, marmonna Robert, l'esprit toujours aussi positif.

Nous marchions maintenant sous une pluie soutenue. Le vent avait forci et je sentais l'eau froide me dégouliner le long de l'échine. Nous décidâmes de nous arrêter pour la nuit. La question de la bouffe devenait vraiment épineuse.

– Lucien.

– Quoi ? - Tu nous as bien dit que tu savais allumer un feu sous la pluie, comme les Indiens...

Serge avait la mémoire des choses qui l'intéressaient.

– Oui je l'ai dit, pourquoi ?

– Pour rien, juste pour savoir... On risque de se les peler copieusement cette nuit, si on a pas de feu.

Nous nous étions abrités sous les branches d'un énorme chêne, trempés jusqu'aux os, grelottants, affamés. Complètement déprimés. Il fallait absolument qu'on se réchauffe et qu'on mange quelque chose. Tout le monde comptait sur moi. Sans laisser paraître aucun doute quant à mes réelles capacités à allumer un feu sous une pluie battante, je donnais des ordres. Au moins, nous avions les allumettes de la nuit précédente, il suffisait de trouver des bouleaux et leur écorce miraculeuse.

Robert se pelotonna au pied du vénérable chêne et décréta qu'il ne bougerait plus tant qu'il n'y aurait pas une flambée d'enfer. Personne ne le contredit, il faisait vraiment pitié avec son air de chien battu et mouillé.

Enfin, Denis trouva un bouleau et déroula son écorce avec mille précautions. Restait à trouver du bois à peu près sec. Nous préparâmes ce qui commençait à ressembler à un feu qui avait de l'allure, comme on dit chez nous. J'expliquai à Serge qui s'extasiait sur les propriétés de l'écorce de bouleau que les trappeurs écrivaient des lettres à leurs blondes avec ça. Il n'y avait pas de papier à l'époque, ou très peu.

— Les femmes sont blondes au Québec ?
— Ben non, pas toutes, pourquoi ?
— T'as dit qu'ils écrivaient à leurs blondes...
— Une blonde au Québec c'est ta copine, ta femme, ta fiancée...
— T'en as une toi de blonde ?

Attention à ma réponse, le sujet des petites amies pouvait être très tendancieux et délicat, il fallait l'aborder prudemment. Je ne connaissais pas l'expérience respective des autres en matière de petite amie. Il y avait un gros risque de perdre de ma superbe s'ils découvraient mon innocence en la matière.

— J'avais une copine à l'île-aux-Coudres, mais c'était avant la guerre. On s'est perdu de vue quand ils m'ont envoyé ici. Et toi, t'as une blonde ?
— Oui j'en ai une de blonde, c'était avant la guerre comme toi, elle s'appelle Elsa.
— Une fois on s'est embrassés pour de vrai avec Elsa.
— Pour de vrai...
— Avec la langue...

— Sainte-Anne, ne me dis pas que t'as mis ta langue dans sa bouche ?

— Et la sienne dans la mienne, on s'est comme un peu mélangé la salive.

— Mais c'est dégueulasse !

— Oh, Lucien, on dirait que t'as jamais embrassé une fille pour de vrai !

— Certain que j'ai déjà embrassé une fille pour de vrai ! Au Québec, on met pas la langue c'est tout.

— Pourquoi ?

— Parce que c'est dégueulasse d'aspirer la salive de quelqu'un d'autre.

— C'est pas dégueulasse, c'est même vachement agréable tu verras quand tu le feras la première fois, ben après tu peux plus t'arrêter.

— Jamais de la vie je ferais ça, pouah ! Jamais !

Je me demandais bien quel intérêt il y avait à mélanger ses miasmes comme ça et je me dis que la fille qui me coincerait sa langue dans ma bouche était loin d'être née.

Henri avait aligné des pierres pour délimiter notre futur feu, l'écorce de bouleau avait été disposée selon mes instructions et le bois à peu près sec aussi. L'installation commençait à avoir de l'allure.

Robert n'avait pas bougé d'un iota de sous le Chêne. Denis s'approcha de lui.

— Lucien va nous faire un bon feu Robert, tu vas pouvoir te réchauffer.

— M'en fous de votre feu, je veux rentrer chez moi, j'en ai marre de toutes ces conneries. Marre !

Il n'y avait grand-chose à faire avec lui, à part essayer de le réchauffer. Denis me rejoignit, nous en étions à la phase cruciale de l'allumage. L'espoir de toute la bande reposait sur moi et ma technique d'Indien. Je pris une grande respiration et grattai ma première allumette. Elle s'effrita, humide. J'en grattai une autre, même problème, la journée sous la pluie avait eu raison de toutes mes allumettes.

Serge me tendit les siennes, la mine défaite, il n'y avait pas trop d'espoir que les siennes soient plus sèches que les miennes.

Elles ne l'étaient pas plus et après plusieurs tentatives, je baissai les bras. C'était bien notre veine, on avait un feu pas trop mal arrangé, mais les poches pleines d'allumettes mouillées.

La poisse nous collait au cul autant que nos vêtements trempés.

Denis essaya encore après les avoir consciencieusement essuyées avec son mouchoir, mais rien n'y faisait. Le soleil s'était couché et nous grelottions autour de notre feu éteint, attendant un miracle ou quelque chose du genre. Nous étions à terre, démoralisés, fatigués de toutes ces épreuves.

Robert bougea de dessous son arbre et s'avança près du rond de feu. Il avait une petite pochette en caoutchouc vert kaki dans la main. Des allumettes dans leur pochette étanche…

— Bordel de merde Robert, pourquoi tu l'as pas dit plus tôt que t'avais des allumettes sèches ?

Denis voulait engueuler Robert, mais l'important c'était de parvenir à allumer le feu.

— Parce que vous me l'avez pas demandé.

Une fumée blanche, épaisse s'éleva du foyer puis de petites flammes dansèrent, timides, mais volontaires, j'étais confiant. C'était pas gagné, mais c'était parti. Henri sauta en l'air de joie, mais je lui expliquai que pour le moment c'était l'écorce qui brûlait, fallait attendre que le bois prenne avant de célébrer.

Il a pris.

– Ça y est les gars, c'est parti ! Amenez les gros troncs et mettez-les près du feu pour qu'ils sèchent.

Ça, c'est Félicien qui me l'avait appris. Le feu se fit moins timide et se mit à crépiter joyeusement. La pluie venait juste de s'arrêter. Je me lançai alors dans une farandole indienne que j'avais vue dans un Pow Wow et toute la bande m'imita. Nous voilà tous à danser et à gueuler autour du feu. À part Robert qui faisait toujours la gueule à l'écart, il est pas encore assez réchauffé. Enfin, à bout de souffle, on avait toujours rien mangé, nous nous assîmes autour du feu bienfaiteur pour lui présenter nos carcasses transies.

Des lucioles luminescentes montaient pour se perdre dans les branches basses, heureusement qu'il avait plu. Des ombres dansaient dans les grands chênes, des ombres qui dansaient comme des Indiens. Je les observais depuis un moment alors qu'une douce torpeur me plongeait dans cette béatitude délicieuse qui précède l'endormissement. Je ne pensais plus à la faim. On était bien autour de notre feu, avec nos vêtements qui séchaient en dégageant une vapeur éthérée. Robert s'était approché, certainement pour partager notre contemplation.

– J'ai faim, qu'il a dit.

Personne ne prit la peine de lui répondre. Nous n'avions rien à manger et tout le monde, à part Robert, s'était fait à l'idée d'une nuit de jeûne. Au moins nous étions au chaud et presque au sec et il ne pleuvait plus. C'était déjà ça.

– On pourrait faire cuire des champignons, Robert insistait, il allait finir par nous énerver.

Denis se tourna vers lui, le visage rougi par les flammes.

— Et t'en as vu où des champignons, tête de nœud !

— Là ! répondit Robert en montrant du doigt les protubérances parasites accrochées au tronc de l'énorme chêne sous lequel il pleurnichait plus tôt.

Denis se leva pour examiner les excroissances de plus près, l'air circonspect.

— C'est vrai que la Fiole nous a parlé de ces machins-là pendant le cours sur les champignons. Par contre, j'me rappelle plus si ceux-là ils sont venimeux ou pas venimeux du style comestible.

— On dit vénéneux, osa Henri imprudemment, venimeux c'est pour les serpents, vénéneux c'est pour les champignons.

Denis le fusilla du regard.

— Fais gaffe que je te fasse pas avaler une couleuvre vénéneuse, c'est-à-dire un serpent qu'aurais bouffé un mauvais champignon.

— Alors qu'est-ce qu'on fait, on le bouffe ou pas ce champignon ? demandai-je pour faire diversion, il est comestible ou il est vénéneux ?

Serge eut une très bonne idée, très sage.

— Il faut désigner un goûteur. On attend deux heures après la digestion et si ça va, on peut manger le champignon.

— Et si ça va pas… souleva Robert en n'étonnant personne.

Denis se leva d'un bond.

— On va tirer à courte paille, c'est le sort qui va décider pour nous. Tout le monde est d'accord ?

On avait pas vraiment le choix. On tira donc à la courte paille l'avenir très incertain du futur goûteur.

Denis tenait la plus petite paille dans ses mains, c'est lui qui allait devoir ingurgiter la chose. Drapé dans sa dignité de chef de bande, il accepta son destin sans rechigner, un vrai Cosaque.

Il décrocha la plus grosse protubérance du tronc et la planta au bout d'un bâton pour la rôtir au-dessus du feu. Une odeur de vieille cave humide se dégagea du truc qui se mit à fumer et même à péter par moment, avant que l'excroissance n'exhale une odeur qui, avec un peu d'imagination, aurait pu ressembler à de la noisette grillée. Le champignon commençait à prendre feu, il crépitait. Denis décida qu'il était prêt à être consommé, personne n'osa le contredire, après tout, il allait peut-être mourir dans d'atroces souffrances, il était normal de lui accorder ses dernières volontés.

Denis détacha délicatement un morceau de champignon rôti et le toucha d'une langue prudente. L'attention générale n'ayant qu'un pôle d'intérêt, Le Cosaque prit son temps et ménagea ses effets.

– Alors ? lui demanda Henri, ça goûte quoi ?

– La charlotte au chocolat que faisait ma grand-mère.

– Bon sang, c'est vrai ?

– Mais non tête de piaf, faut que je mâche pour savoir ce que ça goûte, là j'ai juste mis la langue pour voir si ça piquait.

– Et alors ?

– Alors ça pique pas. Maintenant je mâche et j'avale.

Denis enfourna un morceau assez imposant, moi j'aurais pas osé, qu'il se mit à mâcher consciencieusement.

– Alors ? lui demanda Henri, qui avait vraiment faim.

Denis ne lui répondit pas, lui faisant comprendre en montrant sa bouche, qu'il était trop occupé à analyser la chose pour pouvoir lui parler. Brusquement, il s'arrêta de mâcher. Il roula des yeux et fut pris d'un tremblement qui vira presque en convulsions, il se prit la gorge à deux mains bavant une écume blanchâtre des plus inquiétantes.

— Aaahhh ! râla-t-il, je brûle de l'intérieur, je brûle, j'étouffe.

Il gigotait tellement qu'on s'est mis à trois pour essayer de le calmer. Subitement, il s'affaissa, les yeux révulsés, lâchant ce qui ressemblait déjà à son dernier soupir.

— Sacrifice Denis, tu peux pas crever comme ça ! hurlai-je en le secouant comme un prunier, il faut faire quelque chose !

Serge et Henri tournaient en rond, cherchant ce qu'il fallait faire avec un intoxiqué au champignon vénéneux rôti, Robert s'était remis à pleurnicher. Serge eut une idée, en revanche c'est moi qui ai eu à poser le geste.

— Mets-y les doigts dans la gorge Lucien, faut qu'il dégueule !

Henri confirma, Robert entre deux reniflades opina également du chef. Il fallait que je fasse dégueuler le Cosaque !

— Vas-y Lucien bon Dieu, il est en train de crever !

J'ouvris la bouche de l'empoisonné et tentai de lui mettre les doigts dans la gorge quand il me mordit.

— Calvaire ! hurlai-je, il est pas mort, il me mord, le maudit !

Denis écarta ma main d'un geste et se leva d'un bond en crachant par terre.

— Pouah ! Le champignon passe encore, mais bouffer du Miron tout cru, y'a de quoi se choper une vraie indigestion !

Nous étions sans voix. Choqués. Robert pleurnichait de le voir vivant, il l'avait cru mort.

– Ben quoi les gars, j'vous ai bien eus non ? Oh les gars, c'est une blague, la bonne nouvelle c'est qu'on va les bouffer les champignons ! Vous allez tout de même pas me faire la gueule pour ça ?

Henri jeta une branche dans le feu et se tourna vers Denis.

– On va quand même attendre deux heures que tu digères, si jamais tu commences à voir des signes d'empoisonnement, je te fais une promesse solennelle, je te laisse crever dans ta bave.

15
L'interrogatoire

La Kubelwagen entra dans la cour en trombe et se stationna avec un crissement de pneus. Le lieutenant SS sauta du véhicule et se dirigea droit vers le bureau du directeur. Trois chapeaux mous sortirent de l'étude avec un élève qu'ils tenaient par les bras.

Ricot. La tête basse, la mine défaite, sur ses joues des traces de gifles magistrales, ils l'avaient déjà battu.

Les pères Janin, Cuvelier et Job qui avaient assisté à la scène, se précipitèrent à la Sacristie, un des rares endroits où ils pouvaient encore se réunir sans la présence des soldats.

— Le directeur leur a dit que Marcel Ricot faisait partie de la bande à Denis Kaczki. Ils ont fait tout de suite le rapprochement avec les manquants à l'appel. Le pauvre Ricot ne va pas tenir longtemps avec la Gestapo, il va dire tout ce qu'il sait. Tout.

Le père Job, qui n'était pas de première jeunesse, tremblait de tous ses membres.

— Je ne pourrais pas, bredouilla-t-il, je ne pourrais pas, pas à mon âge…

Le père Janin s'approcha du vieux séminariste.

— Émilien, il faut que tu te changes et que tu partes immédiatement. Tu sais où aller. Dis-leur que les SS et la Gestapo sont au Séminaire et que ce n'est plus qu'une question d'heures avant qu'ils ne nous interrogent. Fuyez pendant qu'il est encore temps, vous savez tous ce qu'ils réservent aux gens comme nous.

— Et... et les enfants...

— Ne t'inquiète pas Émilien, on va trouver une solution...

— Et vous ?

— Nous... répondit le Père Janin en inspirant profondément.

Il n'ajouta rien d'autre, que pouvait-il ajouter, les pères étaient parfaitement conscients de ce que leur réservait le fougueux lieutenant SS et les chapeaux mous. Ils n'allaient pas se gêner pour les passer à la question avec un sadisme qui probablement allait défier celui des plus grands inquisiteurs. Des curés résistants et un réseau à faire tomber... Le jeune lieutenant se voyait déjà capitaine.

Le père Job troqua sa soutane pour des vêtements de ville et longea l'allée des sapins, comme s'il se promenait. Après un dernier regard vers la cour et les bâtiments, le cœur lourd et les yeux pleins d'eau, il disparut furtivement dans une trouée et s'enfonça dans la forêt.

Sa vie entière était dans ces murs.

Le père Janin se tourna vers le père Cuvelier.

— Il faut que je parle à Weber, lui seul peut sauver les enfants.

— En es-tu certain Jean ? Weber est un officier allemand...

— Avons-nous le choix ? C'est notre dernier espoir, je vais au dispensaire, il est avec le blessé.

Le père Janin avait à peine terminé sa phrase qu'un véritable branle-bas de combat s'organisa dans la cour. Ça gueulait de partout, on entendait que les ordres qui fusaient et les bruits de bottes et de claquement de porte qui suivaient. Le père Cuvelier ouvrit son tiroir et rangea soigneusement ses vêtements sacerdotaux. Il prit son étole, l'embrassa et la contempla longuement avant de la serrer.

Peut-être pour la dernière fois.

Quand le père Janin entra dans le dispensaire, le Capitaine Weber discutait avec le soldat blessé. Vu la tête du père, Weber sut tout de suite que quelque chose ne tournait pas rond. Et puis il y avait tout ce remue-ménage des SS dans la cour.

– Il y a un problème père Janin ?
– J'aimerais vous parler, seul à seul, Capitaine.

Ils allaient sortir du dispensaire quand le directeur entra avec Ricot, le visage tuméfié et sanguinolent, il pleurait à chaudes larmes, la tête baissée. Le directeur s'adressa au Père Janin, en plus de son air fat habituel, il affichait un petit sourire d'hypocrite qui sublimait sa condition de faux cul.

– Ah, père Janin, vous êtes là, en fait je cherchais la sœur infirmière pour qu'elle s'occupe un peu de notre petit ami... Au fait, vous étiez au courant pour le poste de radio dans le grenier vous ? demanda-t-il d'un ton mièvre, parce que monsieur Ricot nous a raconté qu'ils en avaient trouvé un avec monsieur Kaczki et ses amis. Si vous voulez m'en parler, je pourrais intervenir auprès du lieutenant et...

La terrible flamme embrasa les yeux du père, il saisit le directeur à la gorge d'une main et le plaqua au mur. Le petit gros suffoquait déjà, ses pieds touchant à peine le sol, la poigne était aussi forte que la colère qui l'animait. Le père Janin, sans un mot, ouvrit la porte du dispensaire de sa main libre et projeta le directeur dehors... au pied du lieutenant SS qui arrivait.

Tous les pères avaient été rassemblés dans le réfectoire. Le lieutenant SS était assis au centre de la pièce, encadré par deux sbires aux chapeaux mous. Le directeur était à l'écart, adossé à un mur dans un coin sombre, il ne voulait pas croiser le regard à la terrible flamme.

Il y avait une chaise vide, celle du père Job. Le jeune officier se tourna vers le directeur qui répondit par un haussement d'épaules, le père Job avait disparu.

Sur une petite table devant le lieutenant, la valise en carton était ouverte.

— Et bien messieurs, je pense qu'il est inutile de vous demander à qui appartient cette valise et à quoi elle sert. Nous le savons tous. Maintenant, vous allez me donner tous les noms de votre réseau, vos contacts en Angleterre, le chef de section ici, je veux tout savoir, tout !

Il alluma une cigarette, il jubilait. Il attendait ce moment depuis tellement longtemps, le jeune lieutenant des Hitlerjugend avait démantelé un réseau de terroristes à son premier commandement. L'échec de l'attaque de la ferme était un dommage collatéral, comme il y en avait dans toutes les guerres. Le colonel Friedman allait le promouvoir, c'était certain, un réseau de curés partisans !

Le père Cuvelier se leva lentement.

— Ce poste est au père Job, c'est pour ça qu'il est parti. Lui seul savait le faire fonctionner et lui seul était en contact avec les Anglais. Nous, nous ne savons rien d'autre.

Un des deux miliciens au chapeau mou s'avança vers le père Cuvelier.

— Ce poste émetteur a-t-il servi à organiser un atterrissage clandestin près de la ferme abandonnée non loin d'ici ?

— Je ne sais pas monsieur.

Le milicien le gifla à toute volée, le père Cuvelier tomba de sa chaise et se releva péniblement.

— Vous mentez ! hurla-t-il, et comme vous ne pouviez pas sortir du Séminaire, vous avez envoyé des gamins faire le boulot à votre place ! Vous savez ce qui s'est passé là-bas ? Trois soldats allemands sont morts par votre faute !

La voix grave du Chevalier résonna dans le réfectoire.

— Nous n'avons envoyé personne là-bas et nous ne savons pas ce qui s'y est passé.

Le chapeau mou se méfiait du Père, il l'avait tout de même déjà envoyé bouler dans la rambarde du parvis.

— Tais-toi curé, tu parleras quand on t'interrogera et crois-moi, on va t'interroger et… tu vas parler.

Le milicien sembla satisfait de sa tirade. Le lieutenant aboya un ordre en allemand et les pères furent tous enfermés dans la crypte de la chapelle.

16

Viviane la Fée

La nuit fut très longue, pénible. Nous étions terrorisés par les bruits et les ombres de la forêt que notre feu animait. On s'attendait à voir surgir une patrouille allemande avec des mitraillettes énormes.

Une forêt la nuit quand il y a du vent, c'est vraiment épeurant.

Au moins, nous avions mangé nos champignons. On aurait dû se méfier un peu plus d'une excroissance parasite, il y avait tout de même le mot parasite dans les explications biologiques du père la Fiole. On aurait vraiment dû se méfier parce qu'on s'est tous coltiné une chiasse carabinée à courir dans les frondaisons les culottes à terre.

Après les protubérances du chêne, nous avons utilisé ses feuilles.

Il fallut désigner un responsable pour la corvée de bois. Il était hors de question de laisser mourir notre feu, notre seule source de réconfort sans effet secondaire indésirable. Nous tirâmes encore à la courte paille, Denis perdit. Il se leva lentement, toujours drapé dans sa dignité de chef de bande qui devait montrer l'exemple à ses ouailles, il s'enfonça dans la noirceur angoissante de la forêt profonde.

Il revint une minute plus tard.

— Lucien, faudrait que tu viennes avec moi, il parait que les Indiens ça voit la nuit, on ira plus vite.

Sacré Cosaque qui avait la trouille d'y aller tout seul, qui donc se serait aventuré dans ces ténèbres gémissantes, craquantes, soufflantes, desquelles toutes sortes de monstres auraient pu surgir, certains même avec des mitraillettes ? La corvée de bois, nous l'avons faite sans jamais quitter des yeux le feu qui illuminait le grand chêne. Le comble aurait été que le Cosaque et l'Indien se perdent en forêt malgré la dernière qualité dont le Cosaque venait de m'affubler.

Nous ne dormions plus, la faim avait finalement eu le dernier mot sur le sommeil. Nous étions en rond autour du feu, attendant l'aube et la fin de nos chimères qui ne tarderait pas à poindre. Je ne sais pas pourquoi, mais j'ai voulu partager mon secret avec mes compagnons d'aventures, le secret à ne jamais dévoiler sous aucun prétexte. Comme il y avait certaines propensions à ce que nous nous retrouvions tous devant le mur du préau, je voulais tout leur dire. Une sorte de confession.

— Les gars, il faut que je vous dise un secret…

Ils détournèrent leurs regards du feu qui les hypnotisaient.

— … mais avant, faut que vous juriez tous sur l'honneur de la bande, que ce secret vous ne le dévoilerez jamais.

Ils jurèrent tous, pressés qu'ils étaient de savoir ce que j'avais à leur dévoiler de si important. Notre situation délicate avait forcément précipité l'urgence de l'annonce.

— Voilà, je ne m'appelle pas Miron, c'est pas mon vrai nom. Mon vrai nom c'est Goldman, Lucien Goldman.

Pas un qui broncha. Ils me regardaient tous avec des yeux de merlan frit. Serge réagit le premier.

— C'est tout ?
— Ben oui c'est tout.

– T'es Juif Lucien ? me demanda Denis, c'est pour ça que t'as changé de nom et qu'ils t'ont planqué ici ?

– C'est ça. Quand mon oncle a été tué, ma tante a craint que les Allemands arrivent et m'emmènent.

Il y eut un autre silence. Serge se tourna vers moi.

– Un jour, ils sont venus chercher tous ceux qui avaient une étoile jaune dans mon village et ils les ont emmenés dans des camions. Ils étaient vraiment méchants, même avec les enfants.

– Les Allemands sont toujours méchants, confirma Henri.

– C'étaient pas des Allemands, c'était la milice française. Elsa, elle avait une étoile jaune cousue sur sa poitrine, alors ils l'ont emmenée. T'avais une étoile jaune, toi, Lucien ?

– Non... j'en n'avais pas.

– Tant mieux, parce que c'est comme une étoile qui porte malheur.

Denis poussa une branche dans le feu, le ciel pâlissait doucement.

– Y'a quelque chose que je ne comprends pas Lucien, pourquoi ton père t'a envoyé en France quand ta mère est morte, tout le monde le sait que c'est dangereux pour les Juifs ici, il devait bien le savoir lui aussi.

Il avait bien raison le Cosaque et il allait bien m'obliger à avouer autre chose.

– Mon père n'est pas pilote de bombardier, voilà pourquoi...

Les regards se tournèrent vers moi, interrogateurs, attendant la chute.

– Et il est quoi ton père, s'il est pas pilote de bombardier ?

– Il est mort.

Il y avait un piaf qui trillait depuis que le jour se levait, par un drôle de hasard, il venait de se taire, appuyant dramatiquement l'annonce que je venais de leur faire. Au point où j'en étais, je leur racontai la véritable épopée de mon père et sa fin tragique dans le blizzard des monts Torngat.

— Mais alors quand les bombardiers étaient au-dessus de nous au Séminaire... c'étaient...

— C'était pas mon père, Denis. Je ne sais même pas faire la différence entre des bombardiers allemands ou alliés... alors...

Mes révélations, il faut tout de même l'avouer, venaient de me faire perdre une superbe savamment construite depuis mon arrivée au Séminaire. Mon statut d'Indien s'en trouvait écorché par voie de conséquence. Robert sortit une autre pochette kaki. Il y avait une cigarette qu'il avait piquée aux pères dans la Sacristie. Robert, il piquait tout dans la Sacristie, même du vin de messe et des hosties. Il l'alluma et nous nous la passâmes comme une sorte de calumet.

— Je m'appelle Robert Rosen.
— ?
— Je suis Juif et mes parents ont été emmenés par la police française. Avec mon grand frère.

Il nous aurait annoncé qu'il était le fils du Pape que cela nous aurait moins surpris. Nous étions deux maintenant à nous être parjurés avec le Chevalier des Arbres.

Nous avancions sur une petite piste qui semblait nous guider vers la fin de la forêt. Le soleil avait dépassé l'horizon quand enfin, nous croisâmes une route. Une belle petite route de campagne avec ses deux rangées de platanes comme on en voit partout en France. Robert n'hésita pas et nous indiqua une direction. Nous le suivîmes, espérant secrètement qu'il nous menait tout droit vers la liberté et non l'inverse. Nous marchâmes une bonne heure avant que ne se dessine au loin, la silhouette d'une ferme. Une belle petite ferme avec sa cour en U et une cheminée qui fumait.

Il y avait quelqu'un dans la ferme et il avait fait du feu. S'il y avait du feu, c'est qu'il devait y avoir de la soupe chaude, et s'il y avait de la soupe chaude…

Nous n'osions pas nous avancer, toutes les éventualités étaient possibles. Il n'y avait pas de véhicule militaire, c'était déjà une chose. C'était calme et paisible, Denis jugea qu'on devait y aller.

– Et si y'a des Boches là-dedans ? interrogea Robert, toujours suspicieux.

Robert avait pourtant raison. La faim qui nous taraudait ne devait pas justifier une approche imprudente, pas après ce que nous avions vécu. Henri balaya nos inquiétudes.

– Vous faites ce que vous voulez, mais moi, j'y vais. Si y'a des Boches dans la baraque qu'ils me donnent à bouffer d'abord et qu'ils me fusillent ensuite, je crève trop la dalle.

Joignant le geste à la parole, il se dirigea vers la ferme d'un pas décidé, les deux mains dans les poches, comme s'il venait chercher ses œufs ou un pot de lait. Nous le suivîmes sans un mot, ses arguments nous avaient convaincus, nous étions prêts à mourir pour manger.

Henri cogna à la lourde porte d'entrée, nous étions tous autour de lui, fébriles.

La porte s'ouvrit sur un ange qui nous observa l'air étonné. Il faut dire que nous avions fière allure : hirsutes, crottés, égratignés, débraillés, sans parler que nous devions dégager des relents de basse-cour avec cette chiasse qui nous avait accroché des grelots au cul et des remugles de vieux bouc. La feuille de chêne avait ses limites.

Nous regardions l'apparition avec des yeux ébahis. Après ce que nous venions de vivre ces dernières quarante-huit heures, comment ne pas s'émerveiller devant tant de beauté ? C'était la plus belle fille que j'avais jamais vue. Sa chevelure sombre et délicate tombait en cascade sur ses épaules. Ses yeux, d'un vert cristallin s'effilaient comme deux amandes imprimant au visage un petit air mutin adorable. Elle était fine et fragile comme une statue d'albâtre, sa silhouette était sublimée par une chemise de nuit en dentelles qui laissait deviner ses formes sans jamais les dévoiler.

Nous devions avoir sensiblement le même âge. Henri réussit à balbutier que nous étions perdus en forêt depuis deux jours et que nous mourrions de faim et que si elle pouvait nous indiquer aussi la bonne direction vers la liberté, ce serait vraiment apprécié. Elle sourit et ne répondit qu'une seule chose.

– Je vous attendais.

Je tombai immédiatement amoureux fou. Au lieu de nous envoyer au diable, elle nous annonce qu'elle nous attendait, tout simplement, comme si nous avions planifié ce voyage de longue date. En fait, elle voulait certainement dire que c'était moi qu'elle attendait, et personne d'autre. J'en étais convaincu, il ne pouvait en être autrement.

Une voix de femme appela de la cuisine.

— Qu'est-ce que c'est Viviane ?

— Ce sont des garçons perdus et morts de faim, Maman, Je pense qu'ils aimeraient prendre le petit déjeuner avec nous.

Pour sûr qu'on allait prendre le petit déjeuner avec elles ! L'ange s'écarta et nous pria d'entrer. Il y eut comme un choc électrique dans mon estomac quand nos regards se croisèrent, cette fille était vraiment féérique, elle sentait le savon à l'amande douce. J'eus envie de l'embrasser, de la serrer dans mes bras, de plonger ma tête dans sa cascade de cheveux et de m'enivrer de son parfum.

Elle sentait bon comme ma mère.

Denis me fila un coup de coude dans les côtes pour me sortir de ma rêverie éveillée, la mère se dirigeait vers nous en s'essuyant les mains avec un torchon de vaisselle. C'était une très belle femme, le fruit n'était pas tombé loin de l'arbre.

— Et bien jeunes gens, je ne sais d'où vous sortez comme ça ni ce qui vous est arrivé, mais vous allez commencer par vous décrasser en profondeur, mais qu'est-ce que c'est que cette odeur de champignon moisi et de lisier de porc que vous dégagez ?

Nous on regardait le bout de nos godasses crottées sans rien dire, c'est vrai que ça commençait à cocoter dans la petite cuisine.

— Allez ouste ! continua-t-elle, déshabillez-vous, je vais passer vos frusques à la brosse à chiendent pendant que vous vous laverez dans la cour, allez à poil tout le monde !

Elle y pensait pas la dame, on allait tout de même pas se désaper entièrement devant l'ange !

— C'est que Madame, on voudrait pas que votre fille nous voie tout nus, vous comprenez, on a de l'éducation.

À mon grand soulagement, la mère a envoyé sa fille se changer dans sa chambre. Elle nous donna un pain de savon de Marseille et des serviettes et nous voilà à nous laver directement à la pompe dans la petite cour intérieure de la ferme, tous flambant nus. Je voyais bien que les autres nous regardaient bizarrement Robert et moi. C'est Denis qui osa le premier.

— Ça vous a fait mal ? Il regardait nos parties intimes, plus particulièrement nos prépuces circoncis.

— Tu parles qu'on s'en souvient, lui répondit Robert, on était bébés, et pis c'est juste un petit bout de peau.

— Ouais, mais moi ça me ferait chier que le petit chauve n'aie plus son sol roulé, nous précisa Serge qui se tirait sur la nouille pour bien imager son argumentation.

Tout le monde éclata de rire. C'est là qu'en regardant machinalement à la fenêtre de l'étage, je la vis qui nous regardait nous comparer les génitoires avec son petit air mutin et amusé. Je prévins les autres discrètement et tout le monde se tourna vers la route afin de soustraire nos anatomies à la vue très intéressée de la donzelle.

La mère nous appela pour le petit déjeuner, les serviettes autour des reins, nous nous précipitâmes vers la cuisine. Nous allions enfin manger !

Il y avait un énorme pain croûté sur la table de la cuisine, à côté d'une motte de beurre frais et d'un pot de lait. La mère avait ouvert un pot de confiture de Mirabelles, une sorte de petite prune jaune qui goûtait le paradis, mais dont j'avais jamais entendu parler.

On ne mangeait pas, on bâfrait.

– Tout le monde prendra un bon bol de café au lait bien chaud ?

J'ai tout de suite pensé qu'elle nous charriait et qu'elle allait nous servir un ersatz d'orge ou de chicorée, mais elle nous a apporté à chacun un grand bol de vrai café et je faillis en tomber de ma chaise, avec de la vraie cassonade.

Nous étions aux anges, c'était Noël. Viviane nous rejoignit bientôt avec un petit sourire, elle nous avait tous vus à poil, quand même. Elle s'installa en face de moi et se servit un grand bol de café fumant qu'elle porta lentement à ses lèvres tout en me lançant une œillade dévastatrice.

Je déglutis très péniblement l'énorme bouchée de pain beurré et confituré à outrance que je venais d'enfourner. Je manquai de m'étouffer, ce qui la fit sourire, ses yeux en amandes s'effilèrent délicatement.

Nous dévorions sous le regard médusé de la mère qui se demandait bien comment on pouvait avaler tout ça.

– Racontez-moi donc votre histoire, maintenant que vous voilà propres et un peu rassasiés.

Comme je fus le premier à vider ma bouche, il m'échut de raconter nos mésaventures. La belle ne me quittait pas des yeux, peut-être qu'avec mon accent et mon exotisme d'Indien, étais-je en train de la conquérir ? Je racontai tout en détail jusqu'à notre arrivée ici. J'ai bien remarqué quelques échanges de regards dubitatifs entre la mère et la fille, mais je n'ai pas fabulé, je me suis tenu à la stricte vérité.

– Et bien, en voilà toute une aventure ! dit la mère en invitant sa fille à venir l'aider à décrasser nos vêtements dans la buanderie, pendant ce temps, vous n'avez qu'à vous installer dans la grange et vous trouver une place pour la nuit, il y a de la paille fraîche.

Nous sortîmes en tenant nos serviettes, il nous restait plus qu'à piquer un petit roupillon et ce serait le bonheur total.

La mère frottait nerveusement un pantalon avec une brosse de chiendent quand elle se retourna vivement vers sa fille.

— Il faut les prévenir.

— Prévenir qui, maman ?

— Les Allemands. Il faut les prévenir, s'ils les trouvent ici, ils nous fusilleront avec eux.

— Tu n'y penses pas !

— On n'a pas le choix Viviane ! Je te signale que sans eux et leur ravitaillement, nous serions pratiquement mortes de faim ? Les Allemands ont toujours été corrects avec nous et tu le sais bien ! Je ne veux pas qu'il nous arrive quelque chose, tu comprends ma fille ?

— Ils ont été corrects parce que tu en as mis un dans ton lit Maman !

La gifle résonna dans la buanderie comme un coup de fouet.

— Tu aurais préféré crever de faim ? Ou encore qu'ils te violent tous à tour de rôle ? Et à nous, tu as réfléchi à ce qu'ils nous feront s'ils découvrent qu'on a caché des terroristes qui ont tué des soldats allemands ? J'irai au village dès demain matin, c'est tout.

Viviane claqua la porte de la petite buanderie et monta dans sa chambre. La gifle ne l'avait même pas fait pleurer, elle était bien plus forte que ça.

Nous étions toujours à moitié nus dans la grange. Robert revenait des toilettes, il commençait à aller un peu mieux de ce côté-là. Il tenait un paquet de cigarettes à la main.

– Où t'as piqué ça ? lui demanda Denis.
– Sur le buffet de la cuisine.

Moi ça m'a mis en rogne que Robert vole les gens qui nous accueillaient à bras ouverts, lavaient nos frusques et qui nous avaient probablement sauvés.

– Tu fais chier Robert, vas les remettre où tu les as volées, Sainte-Anne !

Robert me jeta le paquet, je l'attrapai au vol.

– Regarde bien la marque de clopes Lucien, après tu pourras gueuler tant que tu veux.

C'étaient des cigarettes allemandes, c'était écrit dessus en écriture gothique. Serge examina le paquet.

– Bon et alors, c'est des cigarettes allemandes, y'a pas de quoi s'énerver, t'as peur de tousser plus avec celles-là que les cigarettes anglaises ?

Denis s'approcha de Serge.

– Et tu penses qu'elles ont été fabriquées où les clopes Boches, Serge ?

– Certainement en Allemagne, lui répondit Henri, ça veut dire que des Allemands sont venus ici et au lieu de fusiller tout le monde comme à leur habitude, et ben ils leur ont laissé des clopes et peut-être même de la bouffe. Ça vous parait pas bizarre vous toute cette nourriture avec du vrai café, du beurre et surtout du sucre ?

– Qu'est-ce que vous sous-entendez les gars ? demandai-je visiblement contrarié, que nous sommes chez des collabos ?

Je voulais déjà protéger Viviane, la prendre dans mes bras, plonger mon visage dans ses cheveux qui sentaient l'amande douce et peut-être même, mais j'étais pas encore certain, mélanger ma salive avec la sienne.

Denis s'approcha de moi.

— Oh l'Indien, c'est pas parce que t'as un petit béguin pour la donzelle qu'on doit pas être prudent. Henri à raison, c'est quand même bizarre.

— Et en plus, elles nous ont piqué nos vêtements, on peut même plus se barrer si on voulait, confirma Robert fidèle à ces phrases assassines.

Sa remarque avait jeté un froid dans la grange, il avait raison le père Robert, nous avions été charmés par le chant des sirènes, surtout moi et nous voilà tous, les yeux comme deux ronds de flan, à moitié à poil, à nous demander à quelle sauce nous allions être mangés. La porte de la grange grinça, c'était Viviane qui nous ramenait nos vêtements. Elle avait l'air triste. Personne n'osait parler, c'est Henri, finement qui lui tendit un piège.

— Vous auriez pas des cigarettes à nous filer par hasard, on en grillerait bien une.

— Non, on ne fume pas, répondit Viviane en déposant les vêtements sur une grosse botte de foin, il faut que je vous parle, j'ai quelque chose d'important à vous dire.

— Quelque chose qui aurait à voir avec ça ? lui demanda Serge en lui montrant le paquet de cigarettes.

Elle recula surprise. Elle paraissait tellement fragile.

— Oui, avoua-t-elle. Les Allemands viennent toutes les semaines nous apporter de la nourriture et… aussi voir ma mère.

— Voir ta mère… s'interrogea Serge.

— Ta gueule Serge, lui répondit Denis qui avait compris, continue Viviane s'il te plait.

— Elle veut aller au village demain matin pour tout raconter à la milice et aux Allemands. Elle craint qu'ils vous trouvent ici et qu'ils nous fusillent tous…

Robert retourna immédiatement aux toilettes.

— … il faut que vous partiez dès cette nuit. Je vais vous préparer des vivres et vous les porter avant d'aller me coucher. Je peux vous montrer la route qui va à Conflans, les alliés sont là-bas, ils vous aideront.

C'était là ma chance d'attirer ma belle.

— Tu ne veux pas venir avec nous Viviane ? Les alliés te sauveront aussi !

— Non Lucien, il y a ma mère, mais si tu veux bien venir avec moi, je vais te montrer le chemin qui mène à la départementale, c'est pas très loin d'ici.

Les autres me regardèrent avec des yeux jaloux, décidément, il n'y en avait que pour l'Indien !

Nous marchions sur un petit chemin de terre qui serpentait entre les champs pour s'enfoncer tout droit dans la forêt.

— La route et au bout du chemin, après la forêt.

— Tu n'avais pas besoin de venir me montrer le chemin, c'était facile à trouver Viviane.

— Je sais que je n'avais pas besoin… j'avais envie d'être seule avec toi.

La journée était magnifique et sans le bruit de la guerre qu'on entendait dans le lointain, tout aurait été parfait. Viviane se planta devant moi, je remarquai la naissance de ses petits seins dans sa robe à fleurs. Heureusement que les copains ne me voyaient pas, car j'étais vraiment pas à mon avantage, je tremblotais de je ne sais pas quoi, mais certainement pas de froid, il faisait très chaud et j'avais des perles de sueur qui me dégoulinaient dans le dos.

— Tu... tu voulais être seule avec moi... et pourquoi ça ?

Elle me prit la main doucement.

— Quand la guerre sera terminée Lucien, est-ce que tu m'emmèneras au Canada avec toi ?

— Ben je... oui, certainement Viviane, mais...

— Tu m'aimes n'est-ce pas ?

La question m'avait surpris, je n'étais plus dans le petit béguin, mais dans la déclaration d'amour.

— C'est les autres qui t'ont dit ça ?

— Tu ne sais pas si tu m'aimes ou non ?

— Certain que je le sais !

— Très bien.

Et elle reprit la promenade en me tenant la main. Je ne savais vraiment pas quoi faire.

— Et toi ?

— Quoi moi ?

— Tu m'aimes ?

Elle s'arrêta net.

— Mais bien sûr Lucien, je savais qu'un jour tu viendrais me chercher pour m'emmener par-delà les océans, loin de tout ça, loin des malheurs de la guerre. Et te voilà !

Nous arrivâmes tranquillement à l'orée de la forêt. On pouvait apercevoir la route qui la coupait un peu plus loin. Elle ramassa quelques mûres dans les buissons, elle m'en glissa une dans la bouche. Son regard se fit plus insistant, accrochant le mien et ne le laissant plus se dérober. Mon estomac se contracta violemment et ma bouche était sèche comme du papier buvard, comment allais-je mélanger ma salive avec la sienne, je n'en avais plus... Elle s'approcha encore, de ses lèvres entrouvertes, un léger parfum de mûre s'exhalait. Nos lèvres se touchèrent, le monde s'arrêta de tourner, elle appuya plus fortement ses lèvres et ferma les yeux, les miens étaient grands ouverts. J'essayai alors de lui mettre un peu de salive dans la bouche en la tétant comme un petit chat.

— Que fais-tu Lucien ? me demanda-t-elle d'une voix suave, envoûtante. Érotique.

— Ben, je vais mettre un peu de salive dans ta bouche...
— C'est une coutume du Québec ?
— Ben c'est que...
— Laisse-moi faire Lucien, laisse-toi aller.

Je me laissai aller totalement et me donnai tout entier à ce baiser qui n'en finissait plus. Elle enroulait adroitement sa langue autour de la mienne et à chaque fois, une volée de papillons s'envolait de mon estomac. Nous nous retrouvâmes bientôt allongés sur un lit de mousse et elle me couvrit le visage de milliers de petits baisers humides. Enfin, Viviane se blottit dans mes bras en soupirant d'aise.

Nous mélangeâmes nos salives une bonne partie de l'après-midi.

— Je te promets que je t'emmènerai au Québec avec moi. Je viendrai te chercher, je te le jure
— Je sais Lucien, je sais.

À notre retour à la ferme, nos yeux nous trahirent. Denis sauta le premier aux conclusions.

— Dites donc, elle est vraiment loin cette route ? À moins que vous ayez légèrement batifolé en chemin...

Serge se précipita vers moi.

— Alors...
— Alors quoi ?

– Tu l'as embrassée pour de vrai ou pas ? Il me regarda fixement, pas la peine de me répondre Don Juan, tes yeux te trahissent, t'es encore sur un petit nuage !

Denis revint vers moi.

– On décolle ce soir à la nuit tombée, j'espère que tu vas te souvenir de la route mon cochon.

Certain que je m'en souviendrai de cette route.

17
La décision du Capitaine Weber

Le père Janin était agenouillé à même le sol dans un coin de la petite crypte depuis deux bonnes heures. Sans bouger. Les yeux fermés, la respiration très calme.
Il méditait.
La porte de la crypte qui s'ouvrait en grinçant le sortit de sa sorte de léthargie. C'était le Capitaine Weber. Le militaire s'approcha du père et alluma une cigarette sans un mot. Les autres pères parlaient à voix basse entre eux. Ils avaient tous des mines défaites.
— Vous serez tous fusillés après-demain, à l'aube. Avant que les SS ne quittent le secteur.
Les autres pères s'approchèrent.
— Vous serez tous fusillés et Dieu sait ce qu'ils vont faire aux enfants. Le SS a reçu des ordres de la kommandantur, ils sont en train de les enfermer dans la chapelle. C'est la débâcle, nous nous replions vers l'Est.
— Vous ne pensez tout de même pas qu'ils vont…
Le Capitaine lui coupa la parole.
— Ils l'ont fait ailleurs avec des femmes, des enfants et des vieillards. Dans des églises… Ce sont des fanatiques en déroute qui ont perdu toutes leurs illusions. Le pire des cocktails quand on a plus rien à perdre. Cet établissement est considéré comme un nid de partisans, pour reprendre leurs propres termes et ils vous tous mis dans le même sac, vous et les enfants.

Le Capitaine termina sa cigarette, écrasa le mégot sous sa botte avant de le mettre dans sa poche. Il était tout de même dans un lieu sacré. Les deux hommes se regardaient, impuissants face à l'horreur qui se préparait. Enfin le père Janin rompit le silence.

— Il faut que vous nous aidiez à sortir d'ici Capitaine. Il faut sauver les enfants.

— Pourquoi pensez-vous que je suis ici ? Seulement je suis seul et le temps nous est compté.

— Il faut que nous sortions les gamins de la chapelle Capitaine, pas plus tard que la nuit prochaine.

Le père Carle qui tétait sa bouffarde éteinte s'approcha.

— Je te rappelle Jean, que nous sommes enfermés à double tours dans une crypte sans ouverture avec des murs d'un mètre d'épaisseur.

Le Capitaine sortit une clé de sa poche.

— La sœur infirmière m'a donné un double et j'ai pensé à un plan pour vous sortir de là : je vais faire diversion en balançant quelques grenades de l'autre côté de votre mur d'enceinte, derrière le parc. Cela devrait vous laisser le temps de sortir de la crypte et d'aller chercher les enfants. Le problème est de savoir par où se sauver sans que les SS nous voient…

— Par le toit de la Sacristie Capitaine, ensuite, il suffit de se diviser en deux petits groupes et de se fondre dans la forêt. Seulement, il ne va pas falloir se perdre… et à part moi et… Marcel Ricot…

— C'est pas le gamin que les SS ont tabassé ?

— Oui. Il faut que vous le contactiez, il connait la forêt comme sa poche. Il va falloir que vous lui expliquiez le plan et lui dire qu'il devra vous conduire hors limites, par le sentier du bras mort jusqu'à l'île. Il comprendra.

Prévenez les Sœurs aussi, qu'elles tiennent tout le monde prêt à partir dès la nuit tombée.

— Je lancerai ma première grenade à vingt-trois heures, ça vous va ?

— On sera prêts, Capitaine.

Weber s'éloigna en esquissant un sourire timide, l'opération allait être très délicate, il pensait à ses hommes, s'ils avaient été là... Le Père Janin le rappela.

— Capitaine !

— Oui...

— Merci.

Weber sortit sans rien ajouter.

18

Les Alliés

Nous marchions à la queue leu leu espérant nous diriger vers Conflans et la liberté. La petite route départementale était bordée de deux rangées de platanes et nous avions convenu qu'à la moindre alerte, nous aurions sauté dans les fossés du bord du chemin. La prudence était de mise. Ce qui me surprenait le plus, c'était le silence. Il était étrange de constater comme il était aisé de s'habituer à un bruit de fond, sourd et régulier, au point de ne le remarquer quand lorsqu'il cessait.

C'était le cas avec l'artillerie lourde. Le silence était devenu plus pesant depuis l'arrêt des tirs, pareil au calme électrique précédant la foudre.

Denis ralentit le pas pour me laisser le rejoindre.
— À quoi tu penses l'Indien ?
— À elle... Je me demande si on aurait pas dû sauver Viviane, l'emmener avec nous.
— Toi, t'es amoureux !
— Beuh non, qu'est-ce que tu vas chercher là...
— En tout cas, elle a le béguin pour toi, ça, c'est sûr !
— Qu'est-ce que t'en sais ?
— Ce que j'en sais, c'est qu'elle me l'a dit, mais puisque tu t'en fous...

Denis se pencha pour arracher un brin d'herbe qu'il se mit à mâchouiller nonchalamment. J'étais partagé entre la volonté d'afficher ma contenance d'Indien et l'envie de m'épancher sur l'épaule du Cosaque en lui racontant comment on avait enroulé nos langues avec Viviane et comment cet emberlificotage avait déclenché chez moi des sentiments jusqu'alors inconnus. Je ne voulais que parler d'elle. Toute ma tête était à elle et mon corps me brûlait douloureusement.

— Et... que t'a-t-elle dit exactement ?
— Exactement ?
— Oui, c'est ça, répète-moi exactement ce qu'elle t'a dit.

Le chef Cosaque jubilait, la rétention d'information le plaçait dans une position délectable de pouvoir absolu sur mon petit cœur qui battait la chamade à n'en plus pouvoir.

— Elle m'a demandé de prendre soin de toi... pour que tu puisses l'emmener un jour dans ton pays, car... car... elle t'aime. Voilà c'est tout.
— Elle t'a dit ça pour de vrai ?

Je m'étais légèrement laissé emporter, les autres se retournèrent.

— Qu'est-ce qui se passe ? demanda Robert inquiet.
— Rien, occupe-toi de nous amener vers les Américains, lui répondis-je sèchement.
— Merde, qu'est-ce que t'as à me parler comme ça, je t'ai rien fait !
— Laisse-le, lui dit Denis en me donnant une bourrade, il a le spleen des amoureux.

Impressionnant Cosaque. Il se rappelait le cours sur les poètes, cela ne lui ressemblait pas ou alors il cachait bien son jeu. Soudain, Denis s'arrêta net, l'oreille aux aguets.

— Vous entendez pas comme un bruit de moteur ?

– C'est vrai qu'il y a comme un ronronnement, confirma Henri qui s'était baissé pour poser ses mains sur la route, et il y a comme aussi une vibration, vous la sentez pas ?

Nous nous jetâmes pêle-mêle dans le fossé, comme convenu. C'était une alerte.

– On dirait des camions qui s'en viennent, chuchota Robert.

– Les Américains… murmura Serge, c'est sûrement les Américains.

– Et si c'est les Allemands ?

Évidemment, Robert avait déjà envisagé une autre possibilité moins réjouissante.

Le bruit de moteur s'amplifiait et avec les vibrations qui l'accompagnaient, il ne faisait plus aucun doute que nous avions affaire à des chars. On pouvait entendre le cliquetis des chenilles que nous ne connaissions que trop pour les avoir entendus au Séminaire. Des blindés approchaient. Nous étions terrorisés au fond de notre tranchée, et si les monstres décidaient de couper à travers champ… ils allaient nous passer dessus sans même nous entendre crier. Les vibrations cessèrent soudainement, le convoi s'était arrêté. Nous avaient-ils repérés ou quoi ?

– Qu'est-ce qu'on fait ? demanda Robert, il tremblait de tous ses membres.

– J'en sais rien. Faudrait aller voir si c'est des Allemands ou des Américains… répondit Denis. Qui c'est qui veut y aller ?

Évidemment personne ne se proposa, alors il fallut encore tirer à la courte paille. Le plus petit brin échut au Cosaque qui accepta encore une fois son sort avec résignation. Il rampa lentement vers le haut du fossé et s'avança pour jeter un coup d'œil rapide vers le bout de la route. Il nous rejoignit au fond du trou, pâle comme un lavabo. Il eut du mal à retrouver sa respiration, ce qu'il avait vu lui avait coupé le souffle.

— Y'a des soldats bizarres avec des drôles de fusils comme je n'en ai jamais vu et ils viennent par ici en marchant. Ils vont nous trouver les gars, ils vont nous trouver c'est sûr !

Denis était complètement affolé, ce qui engendra une peur panique chez tous les gars, moi le premier. Je ne pouvais tout de même pas mourir sous les balles de drôles de fusil ou écrasé sous les chenilles d'un monstre alors que j'avais juré à Viviane que je reviendrais la chercher pour l'emmener à Baie-Saint-Paul, Sainte-Anne-de-Beaupré ! Serge posa enfin La question que nous avions dans notre panique, totalement éludée.

— C'est des Allemands ou des Américains ?

La question avait tout de même son importance quant à notre avenir immédiat. Denis releva la tête.

— J'en sais rien, j'ai pas eu le temps de voir.

Serge s'emporta.

— Merde, tu nous fous la trouille alors que tu sais même pas si c'est des Allemands ou des Américains ?

— Je voudrais t'y voir gros malin, t'as qu'à aller vérifier toi-même.

Comme personne se bougeait pour regrimper le talus, le Cosaque remonta en marmonnant entre ses dents. Il jeta un regard furtif et redescendit au fond du fossé.

— À quoi ils ressemblent les Américains ?

Personne n'en avait jamais vu, difficile de lui répondre.

– Parce que ceux-là on dirait plutôt comme des Indiens avec des sortes de poêles à frire comme fusil. Ils ressemblent à ceux qu'on voit dans les images du dernier des Mohicans, avec la même coupe de cheveux...

– Des Mohicans ? Et ils sont de quel côté les Mohicans ? demanda Henri, étonné.

Des bruits de pas approchaient, ils seraient à notre hauteur dans pas long, on pouvait les entendre parler et même rire. Bientôt, les conversations se firent plus claires, suffisamment pour que nous nous rendions compte qu'ils parlaient en français, enfin presque.

– On dirait qu'ils parlent français, remarqua Denis qui écoutait le cou tendu vers le haut du fossé.

– Non, c'est pas du français, argumenta Henri, le cou tout aussi tendu, c'est autre chose.

– Si, c'est du français, mais de chez moi...

Nous échangeâmes des regards dubitatifs, comment des Mohicans québécois avaient-ils débarqués ici avec des chars et des poêles à frire ? Je reconnus aussi quelques bribes d'anglais dans leur conversation.

– Alors Lucien, qu'est-ce qu'on fait avec ce genre d'Indiens ? me demanda Denis, très nerveux.

– Ben on y va, que voulez-vous qu'on fasse ?

– Vas-y toi, tu parles leur dialecte, ils vont te comprendre.

L'argument était de poids et je ne pouvais pas me défiler après tout ce que je leur avais raconté. Je rassemblais le peu de courage qui me restait et grimpai lentement le talus. Les soldats étaient là, juste à mon niveau, je pouvais les entendre et effectivement, cet accent je le reconnaîtrais entre mille, était celui de mon coin de pays. J'essayai d'appeler, mais aucun son ne sortit de ma gorge, trop serrée pour laisser passer quoi que ce soit. Je n'osais pas me lever du fossé sans rien dire, ils auraient pu me coller un coup de poêle à frire dans le buffet... Je m'essayai à nouveau et un petit son assez aigu sortit de ma gorge nouée.

— Hello...

Les pas s'arrêtèrent net. Le char accéléra son moteur et des ordres fusèrent de partout. Ça s'agitait pas à peu près sur la route. Je me laissai tomber au fond du fossé, terrorisé. Nous étions au fond de notre trou comme des petits piafs qui attendaient le retour de la maman oiseau avec des vermisseaux à becqueter.

— Vous, dans le fossé, sortez les mains en l'air.

C'était bien du français, avec accent certes, mais du français. Bizarrement, la voix répéta la même chose en allemand, on peut pas dire que ça nous a rassuré, et si on s'était trompé ?

Nous grimpâmes lentement vers le talus, la tête de Denis émergea la première. Nous nous retrouvâmes tous sur la route, les bras en l'air, mis en joue par au moins cinquante soldats armés jusqu'aux dents. Un homme s'approcha.

— Vous avez de la chance kids, vous auriez pu vous faire tuer.

On avait toujours les bras en l'air parce que personne ne nous avait dit de les baisser. Le spectacle de tous ces hommes et de tous ces engins de guerre était fantastique, ça sentait l'essence et l'huile mélangées, l'odeur de la liberté qui allait nous emmener loin d'ici. Les chars étaient rutilants, les soldats magnifiques et effectivement, il y avait des Amérindiens avec des coupes de cheveux de Mohicans qui passaient des poêles à frire à long manche sur le dessus de la chaussée.

Des démineurs.

Tous ces hommes étaient venus pour nous sauver, nous, rien ne pouvait jamais plus nous arriver maintenant. Un officier s'approcha de nous.

– What's the matter, Bobby ?[18]

– Nothing, Major[19], répondit un géant à la coupe Mohican, juste des enfants perdus, pas de danger, Major.

Nous avions toujours les bras en l'air et ça commençait à devenir passablement douloureux, mais aucun de nous n'avait osé les baisser.

– Eh les ti-culs, vous pouvez baisser les bras, venez par icitte qu'on se jase un peu, nous lança l'officier qui lui en revanche, avait vraiment un accent de chez moi avec le vocabulaire afférent.

Nous nous détendîmes enfin, d'autres soldats approchèrent, curieux de voir quel gibier les éclaireurs avaient levé. Certains parlaient en anglais, surtout les Mohicans, d'autres en français avec accent. On nous tendait des barres de chocolat, du chewing-gum, du lait concentré et des tas de choses que nous ne connaissions pas, mais qui étaient succulentes. C'était Noël avant l'heure. J'étais tellement heureux d'être sauvé et j'en avais tellement plein la bouche, que je ne leur avais même pas encore annoncé d'où je venais. L'officier nous conduisit vers un camion bâché et il nous invita à nous asseoir à l'arrière, ils nous emmenaient avec eux à leur camp de base, leur journée était terminée. Un char nous suivait, nous lui tendîmes la main, le chef du blindé nous répondit, c'était merveilleux d'être du bon côté de la puissance. Nous roulâmes une bonne heure avant d'atteindre le fameux village de Conflans. Tous les habitants étaient dehors et il régnait une ambiance de quatorze juillet sur la grand place. On nous emmena dans un bâtiment de ferme dans lequel les militaires avaient installé leur

---
18 Qu'est-ce qui se passe Bobby ?
19 Rien Major.

campement. Il y avait un drapeau accroché à la porte, c'était celui du Royal 22ᵉ de... Québec. Un gars nous apporta du jus de pomme, du lait et des biscuits. C'était vraiment Byzance. L'officier revint nous voir.

— Alors, d'où venez-vous comme ça les p'tits gars, on dirait que vous vous êtes sauvés...

— Moi je viens de Baie-St-Paul.

— ?

— Au Québec...

Je lui aurais annoncé que je descendais tout droit de la planète Mars, il n'aurait pas été plus estomaqué.

— Tu veux dire petit que tu viens de Baie-St-Paul, notre Baie-Saint-Paul du bord du fleuve en face de l'île-aux-Coudres ?

— Celui-là même, monsieur.

— Saint-Christophe, mais que fais-tu là petit, à surgir au milieu de nulle part comme un diable ? Les gars ! cria-t-il à la cantonade, le p'tit gars est de chez nous, il vient de Baie-St-Paul, il est du pays !

Naturellement, je devins le centre d'intérêt, l'attraction, je n'étais plus un gamin comme les autres, j'étais un morceau de leur histoire, de leur vie, de leur pays. Ils venaient de sauver le Québec tout entier en me ramassant sur le bord de la route. On voulait me serrer la main, me porter, me poser des questions si je connaissais untel ou un autre, tous connaissaient Baie-St-Paul, il y avait même un gars de l'île-aux-Coudres qui avait connu mes parents. J'étais devenu la mascotte naturelle d'une compagnie de combat du Royal 22ᵉ régiment de Québec, déployé dans l'est de la France. J'étais devenu une sorte de porte-bonheur...

Les copains se tenaient à l'écart de toutes ces effusions en mangeant leurs biscuits silencieusement. Denis ne put retenir la réflexion que tout le monde ruminait.

– Décidément les gars, y'en a que pour l'Indien, la gloire et les filles…

Tout allait tellement vite, un tourbillon et soudainement, allez savoir pourquoi, je me mis à chialer comme une Madeleine, trop d'émotions d'un seul coup. Ma réaction jeta un froid, l'ambiance se calma et à ce moment précis, un officier supérieur entra dans le bâtiment. L'ordre de garde-à-vous claqua, le silence suivit.

– Il parait que vous avez des prisonniers, Major ?

– Pas exactement, mon Colonel, ce sont de p'tits gars perdus qu'on a ramassé au bord de la route, à une heure d'ici, vers le front.

Le Colonel, qui n'avait pas l'air commode, nous dévisagea longuement. Ses traits ne dégageaient aucune expression, lisses et froids, étrange apanage de beaucoup d'officiers en opération. On ne l'intéressait pas.

– Des mines, Major ?

– Négatif mon Colonel, on a ouvert vingt-quatre kilomètres aujourd'hui.

– Qui était en tête ?

– Ma section mon Colonel, les hommes nous font confiance pour les mines, vous savez…

– Peut-être, mais il faut vous reposer. Dispense de tour de garde pour votre section cette nuit et occupez-vous des gamins pour ce soir, on trouvera quelqu'un pour s'en occuper demain.

Le Colonel sortit son paquet de cigarettes et en offrit une au Major.

– Mon Colonel.

— Major.

— Le petit gars ici est de Baie-St-Paul, dit-il en me désignant du menton.

Le Colonel me dévisagea.

— Vous voulez dire, notre Baie-St-Paul ?

— Affirmatif, notre Baie-St-Paul.

Le visage de l'officier supérieur se détendit, il esquissa même un sourire en me regardant, puis il tourna les talons sans rien ajouter. Il avait d'autres chars à fouetter. Le Major nous invita à le suivre vers le fond du bâtiment de ferme, l'agencement y était totalement différent. Ailleurs on pouvait voir des lits de camp et ce qui pouvait ressembler à une chambrée militaire, mais là, il n'y avait aucun lit, uniquement des couvertures piquées posées à même le sol. Il n'y avait pas de tables non plus et encore moins de chaises. Une quinzaine de soldats étaient assis en rond à même le sol et fourbissaient leurs armes en bavardant. Ils avaient tous les cheveux très noirs, très courts ou très longs. C'étaient des Indiens, des vrais !

Denis était totalement fasciné, observant les guerriers avec des yeux de merlan frit. Le géant que nous avions rencontré sur la route se leva et s'approcha de lui. Il enleva un de ses colliers de cuir auquel était accrochée une griffe d'ours et il le passa au cou de Denis. Ils se regardèrent droit dans les yeux, silencieux. Je me dis que le Cosaque était un sacré foutu gars pour soutenir comme ça le regard d'un vrai guerrier indien.

Le Major revint vers nous après avoir discuté avec un de ses hommes.

— Bien, jeunes gens, vous allez rester avec nous cette nuit.

— Vous… vous êtes des soldats indiens ? demandai-je.

Le Major se tourna vers moi.

– Nous sommes la section de reconnaissance Bravo du Royal 22e, petit. Nous sommes la première section d'éclaireurs autochtones du régiment. Nous sommes Amérindiens et Inuits de tout le Québec. Le caporal Cookie, ici présent…

Il pointa un soldat de petite taille aux cheveux très courts et noir de jais, qui rigolait tout le temps.

– … va vous donner des couvertures et des lits de camp pour la nuit, vous vous installerez avec nous.

Le Major remarqua l'amulette avec la griffe d'ours que Denis portait fièrement et son air s'assombrit aussitôt. Il se tourna vers le géant indien et l'interrogea d'un simple regard. Ils parlèrent dans une langue inconnue et les traits du Major s'allongèrent de plus belle. Le cadeau de la griffe d'ours ne plaisait pas au Major, ce qui inquiéta Denis qui tenait déjà à son cadeau comme à la prunelle de ses yeux. Une griffe d'ours indienne c'était quand même autre chose que des roustoks Cosaques.

Tous les soldats nous regardaient. Un des hommes alluma une tresse d'herbe séchée et une douce odeur suave de foin coupé envahit la pièce et nous enveloppa. Je me sentis tout de suite beaucoup mieux parfaitement détendu. Le géant indien s'approcha de Denis.

– Nous sommes des Cris et des Inuits, nous venons des villages du Nord, nous avons appris le français avec les pères Jésuites. Le Major qui nous commande, connait bien nos coutumes, il a vécu longtemps parmi nous. Le collier que tu portes est un talisman Cri, seuls les guerriers qui vont combattre le portent, alors le Major a demandé pourquoi tu en avais un. Je lui ai répondu que tu allais combattre avec nous, ce qui est la vérité. Le Major sait que nous connaissons le cours des choses, il sait aussi qu'on ne peut pas changer le cours des choses. Le Major est un homme bon et son cœur est pur, il ne veut pas qu'un homme si jeune se batte à nos côtés.

Mais c'est le cours des choses.

Denis buvait les paroles de l'Indien comme du petit lait chaud avec du vrai sucre dedans. C'était à lui que le plus grand des guerriers avait donné son amulette à lui et à personne d'autre. Le Cosaque avait été reconnu par un de ses pairs, il jubilait en occultant le fait qu'il allait devoir se battre avec eux, l'Indien avait été très clair, personne ne pouvait changer le cours des choses…

Le Caporal Cookie arriva avec les bras chargés de rations de combat, notre repas du soir. Il avait l'air gentil le Caporal, il était l'antithèse du géant Cri, du fait de sa taille et aussi parce qu'il rigolait tout le temps. L'autre Indien étant plutôt du genre taciturne et froid. Il s'exprimait dans un français plus délié que les autres et son vocabulaire était fourni. Il ressemblait un peu à un Chinois, physiquement.

— Êtes-vous Chinois, monsieur ? lui demanda Henri, curieux.

— Non, pas du tout, répondit-il hilare, je suis Inuit.

— Inuit ? Lui demanda Robert, qu'est-ce que c'est que ça ?

— Ça, comme tu dis jeune homme, c'est un peuple du Grand Nord. Je viens d'un village près de la grande rivière Koroc, au pied des monts Torngat, Kangiqsualujjuak c'est son nom exact. Je suis de la famille des Ananak, la famille originelle.

Le nom du village et des montagnes m'avait fait sursauter, je ne les connaissais que trop bien.

– Je connais ce village, annonçai-je laconiquement, mon père m'en parlait souvent...

Il y eut un silence, Cookie ne riait plus.

– Ton père ? Quel est son nom petit...

– Goldman, Daniel Goldman, mais tout le monde l'appelait Dan, il était...

Cookie m'arrêta d'un geste, il affichait un air presque grave.

– ... pilote de brousse, précisa-t-il, je l'ai rencontré plusieurs fois, c'est lui qui a disparu dans les montagnes après avoir sauvé l'enfant... n'est-ce pas ?

– C'est ça...

Il y eut un silence forcé, comme une sorte de recueillement.

– Ton père était un homme bon, Lucien.

– Je sais...

– Il est considéré par les nôtres comme un Ananak, un peu comme la grand-mère originelle, celle qui s'est sacrifiée pour ses enfants. Connaissez-vous la légende des Ananak ? J'imagine que non. Il y a bien longtemps, il y a eu une grande famine, toutes les familles Inuites ont été décimées. Seuls restèrent au fin fond du Grand Nord, une grand-mère et ses petits-enfants. La grand-mère, à bout de force eut une vision : ses petits enfants devaient la manger et s'ils le faisaient, le peuple inuit renaîtrait et tous les Ananak vivraient à nouveaux nombreux, dans tous les villages côtiers, de la baie James à la baie d'Ungava. Les petits-enfants mangèrent la grand-mère et la prophétie se réalisa.

Ton père a sauvé un des nôtres, c'est un Ananak, Lucien.

— Toi aussi Cookie, tu es un Ananak ?

— Mon véritable prénom est David, c'est celui que m'ont donné les Jésuites, ils nous ont laissé nos croyances, comme celle que je viens de vous raconter, avant de nous enseigner les leurs... et de nous envoyer dans la vallée de la mort... mon frère et moi.

Je suis un descendant direct de la famille originelle.

— Des Jésuites ? s'étonna Serge, nous aussi c'est des pères qui nous enseignent.

Le Caporal s'en étonna.

— Parfaitement, confirma Denis, même qu'on s'est sauvés du Séminaire parce que les Allemands sont arrivés...

— Des SS avec des mitraillettes énormes, précisa Serge, le Chat en un tué un dans le bois.

— Et ils ont tué Germain Trotte Menu qui était le grand ami du Chat, alors le Chat s'est énervé il a attaqué le SS alors ils l'ont enfermés dans la crypte, nous on s'est sauvés après avoir entendu les pères dans la casemate, dont le Chat, qui parlaient avec les Anglais pour amener un avion avec des partisans, mais finalement c'est l'avion des Boches qui a capoté sur le dos dans le champ près de la ferme abandonnée, à cause du fossé de drainage que Lucien ne savait pas ce que c'était parce qu'au Québec, vous en avez pas, alors nous on s'est barrés. On voulait pas être fusillés devant le mur du préau, vous comprenez m'sieur ?

La tirade de Robert, malgré sa confusion évidente, semblait interpeller le Caporal.

– C'est quoi cette histoire de chat ?
– C'est le surnom d'un des pères… C'est un résistant.
– Et il est loin ce Séminaire ?
– À une quinzaine de kilomètres, lui répondit Robert toujours investi de la fonction de navigateur.

Le Caporal nous dévisagea l'un après l'autre, il ne rigolait plus du tout. Il appela un soldat et lui demanda de faire venir le Major au plus vite.

– Vous conduisez un char, monsieur Caporal ? lui demandai-je, j'avais tellement envie de voir comment c'était à l'intérieur…

– Non et puis appelle-moi Cookie, pas monsieur, monsieur c'était mon père. Je fais partie de la section reconnaissance et déminage. On a comme un sixième sens pour dégotter les mines, alors ils nous envoient toujours devant. Sur le terrain, on est pas mal plus efficaces que les autres. Plus silencieux aussi. Je suis le dernier Inuit de ma section, tous les autres ont été tués, avec mon frère.

Le Major arriva, visiblement énervé.

– Que se passe-t-il Caporal, un problème avec les gamins ?

– Je ne sais pas, mais vous devriez écouter leur histoire, elle est pas mal intéressante.

Il nous écouta. Il prit même des notes sur son carnet de route et nous posa plein de questions sur le Séminaire, la cour, la forêt et les environs, etc., et surtout sur le nombre de soldats SS qui étaient à l'intérieur.

Le Major et le Caporal parlaient avec un homme qui portait un uniforme anglais.

– C'est la cible major, je l'ai repérée aujourd'hui. Le MI 9[20] était en relation avec une cellule dans ce Séminaire, mais ils ont été repérés, un des leurs a pu prévenir Londres, mais depuis, plus de nouvelles. J'ai vu une section SS à l'intérieur, on dirait qu'ils sont sur leur départ. Il y a une cinquantaine de jeunes aussi, enfermés dans la chapelle. Je n'ai vu aucun prêtre, ils les ont sûrement fusillés. Les SS sont très nerveux et ils n'ont plus rien à perdre, Major.

L'anglais alluma une cigarette.

– C'était un nid de résistance, ils ne leur feront pas de cadeau, peu importe que ce soient des gosses.

– Dans combien de temps la division sera sur place ?

– Deux jours maximum. Les Allemands seront partis très bientôt, c'est clair.

– Bien, merci Sergent, allez-vous reposer, vous avez l'air exténué.

– Je le suis Major, merci. Je ne pourrais pas vous montrer le chemin jusqu'au Séminaire, je pars à l'aube pour un autre secteur plus à l'est. Il est pas évident à trouver sans passer par la route évidemment, trop dangereuse et minée. La forêt est profonde, on s'y perd facilement. Ça va pas être facile de vous rendre là-bas.

– Qu'est-ce qui vous dit que nous allons y aller ?

– Vos yeux Major, vous n'êtes pas le genre d'homme à accepter la fatalité en baissant les bras…

Les deux militaires échangèrent un long regard puis le Sergent salua et prit congé.

---

20 MI 9 : Services secrets britanniques

– Caporal… prépare la section pour une reconnaissance, on part demain à l'aube, préviens le médic[21], ça risque de chauffer.

– À vos ordres, mais, comment on va faire pour le trouver ce Séminaire sans passer par la route ?

– On emmène deux gamins avec nous, ils en viennent de cette foutue forêt, ils nous guideront. Prends le québécois et le costaud, celui qui a le collier…

– À vos ordres Major !

---

21 Medic : infirmier militaire

19

Les petits soldats

Je ne savais pas si j'étais en train de rêver ou si la scène qui se déroulait devant moi était réelle. J'étais au milieu d'un groupe de soldats, du moins ils étaient habillés en soldat, mais ils ne portaient pas de casque, ni de souliers cloutés, en plus de leurs courtes carabines, ils avaient des arcs et des flèches et étaient chaussés de mocassins. Denis était à côté de moi, l'air aussi hébété qu'endormi, l'aube était loin d'être levée. Le caporal Cookie arriva avec deux pantalons militaires et des chandails.

— Tenez, enfilez ça la taille devrait être correcte, c'étaient les vêtements de mon frère.

— Où est-ce qu'on va Cookie et pourquoi vous ne réveillez pas les autres ?

Le Major arriva avec deux quarts de café et du pain, il nous prit à part, son attitude était très paternelle et sa voix d'une douceur presque anormale pour un officier.

— Vos amis et probablement les prêtres sont prisonniers dans votre Séminaire. On craint le pire pour eux si on n'intervient pas, les SS, vous savez... Il y a des mines sur la route, on va passer par la forêt, il va falloir que vous nous guidiez. Vous vous souvenez du chemin ?

— Oui répondis-je, il faut aller jusqu'à la ferme au bord de la route et après on vire à droite...

— ... et on continue à travers bois en direction de la ferme abandonnée avec le champ d'aviation, on passe par l'île, on franchit le bras mort et on arrive au Séminaire par la forêt de sapins, compléta Denis.

— Parfait, les gars, vous connaissez votre affaire. Il va falloir marcher vite et en silence et surtout écouter les ordres que je vais donner. Vous voyez le gars avec le brassard de la Croix Rouge ? C'est le caporal Leblanc, le médic. Quoiqu'il arrive, je veux que vous restiez avec lui, c'est bien compris ? Bon, prenez du café et mangez un morceau, on part bientôt.

Quelque chose turlupinait Denis.

— Il a pas d'arme votre infirmier ?

— Non, il n'aime pas les armes, c'est pour ça qu'il est infirmier.

Les soldats fourbissaient leurs armes, cela me faisait penser un peu au départ de nos parties de pêche à l'achigan, on partait toujours au très petit matin et la vérification du matériel était d'une importance primordiale. Au moins j'avais une canne à pêche, mais là, rien du tout. Ils auraient pu nous filer une petite mitraillette, juste pour faire plaisir à Serge.

Le Major s'approcha, il avait l'air terrible. Deux grenades étaient accrochées à son brêlage, il portait un petit bonnet de laine noire, comme les marins et son visage était passé à la peinture de camouflage, très impressionnant. Tous les Indiens étaient affublés comme lui mis à part l'infirmier qui vérifiait sa trousse en fumant tranquillement.

Les hommes s'approchèrent autour du Major et formèrent un cercle.

— Bon voilà comment ça va se passer, commença-t-il d'une voix toujours aussi douce, les jeunes vous restez avec le médic, vous ne le quittez pas d'une semelle,

Cookie tu m'assistes, Chief et Sammy Joe, vous ouvrez la route, comme d'habitude.

Il se tourna vers le géant indien.

– Bobby Black Eye est l'éclaireur de pointe, c'est un Shaman, ajouta-t-il. Vous êtes avec les meilleurs guerriers que vous puissiez avoir, vous n'avez pas à avoir peur.

Le Major fit un signe de tête à Bobby le Shaman qui psalmodia des paroles en indien, tous fermaient les yeux, même le Major. Je fis de même et aussitôt je me sentis paisible, si calme que je ne puis réprimer un sourire de contentement. Soudain un grand hibou blanc passa juste devant moi. Il était énorme et je lâchai un cri de surprise en ouvrant les yeux.

Le Shaman me fixait. Ses yeux étaient d'un noir si profond que je fus incapable de soutenir son regard. Il se pencha vers moi.

– Ton père est avec toi, dit-il en prenant ses armes. Il n'ajouta rien d'autre.

Il se leva lentement, suivi par les autres, c'était le départ. J'aurais bien voulu que les copains me souhaitent bonne chance, comme cela se faisait quand les héros partaient au combat, mais ils dormaient tous à poing fermé, du sommeil du juste.

Nous allions passer par la ferme de Viviane, elle allait me voir en véritable héros de guerre qui venait la sauver, que pouvais-je espérer de mieux ?

Nous marchâmes une bonne heure sur la petite départementale. Nous allions l'emprunter jusqu'à l'endroit où les Canadiens nous avaient ramassés, ensuite on prendrait à travers champ à cause des mines. Cookie nous avait expliqué tout ça. Sans rire.

Le soleil venait de se lever, d'un orange profond, immense sur l'horizon. Toute la campagne était enveloppée d'un manteau de gaze qui flottait, suspendu, au-dessus des champs. Il y avait des alouettes qui voletaient sur place en trillant à qui mieux mieux, c'était beau.

Mais c'était la guerre.

L'infirmier pacifiste nous tendit deux barres de chocolat, j'en avais tellement mangé que je la gardais pour plus tard. Denis me tapota le bras.

– T'as peur ?
– Moi ? Mais pas du tout.

Denis ne me répondit pas, il mangeait son chocolat, les yeux perdus dans le paysage qu'il ne voyait pas. Quelque chose n'allait pas chez le Cosaque.

– C'est pas vrai avouai-je, j'ai la trouille Denis.
– Moi aussi Lucien, j'ai bien envie de mettre les voiles et de me barrer le plus loin possible d'ici. Mais y'a les copains au Séminaire… Sans nous, ils arriveront trop tard les Indiens. Il soupira. Le pire dans tout ça, c'est qu'on est protégé par un apprenti médecin qui ne porte pas d'armes…
– Même s'ils te filaient une carabine, tu serais capable de t'en servir ?
– Ben j'sais pas et toi ?
– Une fois on a été à la chasse à l'orignal avec Félicien. J'ai pas pu supporter le voir viser un énorme mâle alors j'ai fait exprès de tousser pour que l'animal se sauve.
– C'est quoi ça un original ?
– Un orignal, le corrigeai-je, ben c'est… c'est un peu comme un cheval, mais avec des cornes et des babines qui pendent.
– Un peu comme le dirlo alors…

On éclata de rire au point que je dus soulager ma vessie contre un platane. Le Major arrêta la troupe et vint nous voir. Il avait pas l'air content du tout.

– Dites les deux rigolos, on est pas à la foire ici, dans deux kilomètres, on sera en secteur ennemi, alors silence ! Et toi le québécois, ne t'éloigne pas de la route, il y a des mines partout.

– Oui m'sieur répondis-je en regardant le bout de mes godillots.

Nous reprîmes notre progression en silence. Au fur et à mesure qu'on avançait, on sentait bien que la tension montait chez les éclaireurs. Ils tenaient leurs carabines devant eux et non plus à la bandoulière. Bobby Black Eye le Shaman était loin devant. Il disparaissait souvent sur les bas-côtés pour revenir sur la route en faisant signe au reste de la troupe que tout était correct.

La route entamait un long coude, après, c'était la ferme de Viviane. Mon cœur commençait déjà à se serrer, elle allait me regarder passer devant chez elle.

En libérateur, comme elle l'avait prévu.

Le coude se terminait par une petite côte. Arrivés en haut de celle-ci, on pouvait voir une colonne de fumée noire qui s'élevait derrière une rangée d'arbres. La rangée d'arbres de la ferme à Viviane. Bobby le Shaman rendait compte au Major, je courus vers eux.

– C'est la ferme de Viviane, on les connait, il y a deux femmes qui vivaient là, vous les avez vues ? Dites, vous les avez vues m'sieur ?

Le Major me somma de me calmer.

– Il n'y a plus personne ici, petit, ils ont tout détruit. Allez, on continue.

– Il faut aller les chercher m'sieur, je leur ai promis, il faut y aller !

— Puisqu'on te dit qu'il n'y a plus personne !
Cookie s'approcha de moi.
— Les Boches ont brûlé la ferme Lucien, il ne reste plus rien, Bobby a vérifié. Si tu connaissais les gens qui vivaient là, ils ont bien fait de partir, crois-moi.

Le Caporal avait perdu son sourire, il était même tout juste aimable et je pense que je l'énervais un peu avec mes élucubrations. Le Major avait repris la tête du groupe, Bobby était parti à travers champs. Nous avions quitté la route maintenant et nous marchions dans l'herbe haute. Denis s'approcha de moi.

— Elles ont eu le temps de se sauver tu vois, dès que toute cette merde sera terminée, tu la retrouveras ta dulcinée.

On approchait lentement de la ferme, le toit du bâtiment principal était effondré et des volutes de fumée noire montaient de la grange calcinée. Et si l'éclaireur ne m'avait pas dit la vérité et si… Il fallait que j'aille voir, il le fallait absolument. Je fis semblant de renouer mes lacets et sans hésiter, je courus comme un dératé vers la ferme en ruines. L'herbe haute claquait sur le bout de mes chaussures. Je traversais la route d'un bond quand Denis cria mon nom. Cookie et le Major comprirent tout de suite et se lancèrent à ma poursuite, mais j'étais arrivé à la ferme. À bout de souffle. Le Major et le caporal s'étaient arrêtés de l'autre côté de la route. Je pénétrai dans le bâtiment principal, le cœur serré, qu'allais-je y découvrir ?

Bobby avait dit vrai, il n'y avait plus personne. Le Caporal avait traversé la route, seul et très lentement, de loin on aurait dit qu'il marchait sur des œufs, vérifiant chaque endroit où il allait poser le pied. Je revins vers lui, penaud, mais tout de même rassuré.

– Reste où tu es petit, me cria le Caporal, c'est miné.

Je pouvais voir son visage, blême et dégoulinant de sueur il tenait son coutelas à la main et se baissait régulièrement pour vérifier une motte de terre ou une pierre qui lui semblaient bizarre. Il arriva enfin à ma hauteur.

– Tu as eu plus de chance que mon frère, petit. Grimpe sur mes épaules.

Le caporal revint vers la route en empruntant exactement le même chemin, je sentais sa respiration alourdie par mon poids et la responsabilité de nous ramener vivants. Enfin, dans un dernier effort, le petit Caporal sauta sur la route avec un soupir de soulagement.

Le Major m'attendait.

Avant que je puisse dire quoi que ce soit, il me gratifia d'une gifle magistrale que j'acceptais avec résignation.

– Ne t'avise jamais plus de me désobéir. La prochaine fois, je ne laisserai pas un de mes hommes risquer sa peau pour un deux de pique comme toi. Est-ce bien clair ?

– Oui m'sieur.

– Oui Major, rectifia-t-il, considère-toi comme un soldat du 22ᵉ maintenant.

– Oui Major.

Nous reprîmes notre progression à travers champs, Denis et l'infirmier à mes côtés.

– T'es gonflé Lucien, jusqu'où tu iras la chercher ta princesse ?

– Jusqu'en enfer…

– C'est quoi un deux de pique ?

– Quelqu'un qui vaut pas grand-chose au poker indien, lui répondis-je en me massant la joue.

Nous longions maintenant la forêt du grand chêne et ses protubérances laxatives. L'après-midi était déjà bien avancé quand nous arrivâmes à la ferme abandonnée. Sa façade était criblée d'impacts de balles, plus une vitre ne tenait debout. Bobby examinait la carcasse de l'avion pour vérifier s'il n'avait été piégé.

L'intérieur de la ferme avait été totalement saccagé, la grande table de la cuisine pourtant était parfaitement intacte. Les hommes remplissaient leurs bidons à la pompe de la cour, certains sortirent leurs rations de combat.

Les soldats étaient nerveux, l'attaque allait être lancée dès la nuit tombée, ils mâchaient leur nourriture l'air absent, le regard vide. Ils n'avaient pas faim, mais tous savaient que la nuit allait être longue… comme un jour sans pain. Le Major s'avança vers nous.

— Va falloir que vous nous expliquiez la configuration des bâtiments, les entrées, les sorties et comment les Allemands ont organisé leur défense.

Denis réalisa un croquis assez correct directement sur le carnet de marche de l'officier, il indiqua nos différents points d'entrée et argumenta en grand spécialiste des virées hors limites qu'il était, les avantages et les inconvénients de chacun d'eux. Le Major choisit la ligne de sapin comme point d'entrée principal, Denis aurait fait exactement comme lui s'il avait été à sa place, les Allemands devaient garder la route qui venait de l'ouest et la grille du parc. Le Major décida que nous les accompagnerions jusqu'au bras mort et son sentier, mais qu'ensuite nous devrions revenir au plus vite à la ferme. Il me regarda droit dans les yeux.

— T'as compris soldat ? Vous revenez à la ferme et vous nous attendez.

– Oui Major.

Le groupe de combat se préparait. Les hommes avaient laissé leurs sacs à dos pour ne prendre qu'une musette remplie de munitions et de grenades. Les Indiens avaient tous leur arc passé dans le dos et leur carabine.

Le soleil qui se couchait allongeait les ombres des arbres au loin, près de la forêt des clopes. Une petite brume de fin de journée stagnait sur le champ d'aviation, avec comme une sorte de phare au-dessus de la tempête, la queue de la carcasse de l'avion dressée vers le ciel. Je frissonnai, la vision était pour le moins étrange.

– Sainte-Anne, Denis, si tu voyais ta face, t'as vraiment une tête d'enterrement mon Cosaque.

– Tu devrais voir la tienne Lucien, Viviane se sauverait en courant si elle te voyait.

Viviane…

On avait les tripes serrées et plusieurs fois je dus me soulager dans les bécosses[22] du fond du jardin.

Le Major fit un signe de la main, c'était le départ, à partir de maintenant nous étions en opération en zone de combat. L'infirmier était avec nous et le groupe se dirigea vers la forêt. Bobby Black Eye et Sammy Joe avaient déjà disparu devant nous, avalés par la nuit. J'avais une trouille bleue, m'attendant à voir surgir des soldats allemands la mitraillette à la main. Nous arrivâmes enfin à la rivière qu'on sentait glisser silencieusement dans son lit. Moi aussi je me serais glissé dans mon lit, comme les copains… Le groupe traversa avec la petite barque vers le petit champ de tsampa de notre petite île adorée. Bobby était allongé sur un petit monticule, il observait le bras mort et le passage du tronc.

---

22 Bécosses : toilettes extérieures dans une petite cabane

Les soldats venaient de franchir silencieusement le tronc du bras mort et ses vases nauséabondes. Notre mission était accomplie, nous pouvions retourner à la ferme abandonnée. J'étais même pas soulagé, bien au contraire, nous avions perdu nos gardes du corps, nous étions livrés à nous-mêmes sans aucune arme pour nous défendre. Nous restâmes tous les deux allongés dans l'herbe humide jusqu'à ce que le froid commence à nous engourdir. Je grelottais de peur et de froid mêlés.

— Faudrait qu'on se bouge, je commence à me les geler, Denis.

— Tu veux vraiment retourner jusqu'à la ferme toi ?

— Non, mais le Major a bien dit que… mais on pourrait rester sur l'île, qu'est-ce que t'en penses ? Ils vont forcément revenir par ici, alors…

Denis se leva d'un bond et je lui emboîtai le pas. Notre île, c'était notre refuge. Nous nous assîmes côte à côte, nos épaules se touchant, nous avions tellement peur de cette noirceur avec ses promesses de mort.

La nuit allait être très longue.

20

L'évasion

La sœur infirmière était montée au jubé de la chapelle et regardait la cour par un morceau de vitrail brisé. Tout était calme et le silence de la nuit n'était perturbé que par les bavardages des deux gardes de faction qui arpentaient la cour. La sœur sursauta quand les détonations des grenades et les crépitements de mitraillettes retentirent au fond du parc. Les gardes se précipitèrent vers le nid de mitrailleuses qui se trouvait près de l'allée des marronniers.

C'était le signal.

La sœur se précipita vers la crypte et fit glisser la lourde barrure de la porte. Les pères grimpèrent les escaliers de la Sacristie quatre à quatre. En passant près de son alcôve, le père Janin se saisit de son bâton de marche, la flamme noire brillait déjà dans ses yeux.

Les élèves étaient en place et attendaient, Marcel Ricot à leur tête.

Le père Cuvelier s'était arrêté en haut des escaliers, le père Janin lui fit comprendre d'un regard qu'il fallait se dépêcher.

– Allez-y, moi je reste ici.

– Allons bon tu n'y penses pas, Auguste !

Le vacarme des grenades et des mitraillettes ponctua sa phrase.

— Si justement j'y pense, je vais couvrir votre retraite et vous faire gagner du temps en bloquant les portes de la chapelle et de la Sacristie. Avant qu'ils puissent les ouvrir, vous pourrez vous sauver dans la forêt. Je ferais aussi sonner les cloches à toute volée, avec un peu de chance et l'aide de Dieu, ça alertera les Ricains, s'ils sont dans le secteur évidemment.

Le père Janin dévisagea son ami.

— C'est sûr que sonner la messe en pleine nuit, ça risque de surprendre. Seulement, tu sais à quoi tu t'exposes Auguste.

— Je le sais, Jean, comme Weber le sait aussi. Emmène les enfants loin de cet enfer Jean, c'est tout ce que je demande. Sauve les enfants !

Le père Janin aurait voulu serrer son grand ami dans ses bras, le remercier, le réconforter...

— Je sais, chuchota le père Cuvelier, le regard embrumé, je sais... Va-t'en et que te Dieu te garde !

— Adieu, Auguste, que Dieu te garde mon ami.

Les pères Janin et Carle passèrent les premiers par la petite porte qui donnait sur la forêt. Le père Janin se colla au mur de la chapelle et jeta un coup d'œil dans la cour. Les soldats tiraient au jugé en direction du parc. Il donna le signal du départ. Marcel Ricot passa par la porte à son tour, suivi par tout son groupe d'élèves. Le père Janin ferma la marche. Ricot, en fugueur aguerri, était posté derrière la ligne de sapins et surveillait le terrain de football et le début de la cour. Tous les élèves étaient à ses basques, allongés dans les fougères, totalement silencieux.

Les tirs avaient cessé, remplacés par des ordres criés de toutes parts, quand un groupe de soldats surgit de l'allée des marronniers. Ils tenaient un homme à la pointe de leurs mitraillettes. Cet homme, c'était le Capitaine Weber, blessé à l'épaule, mais droit comme un piquet. Le lieutenant SS s'approcha et lui assena un violent coup de crosse de pistolet sur la tête. Le Capitaine s'écroula, les soldats le portèrent dans le bureau du directeur.

Le père Janin, qui avait vu la scène du coin de la chapelle, serra son bâton jusqu'à s'en faire pâlir les jointures.

– Adieu mon ami, murmura-t-il.

Marcel Ricot était toujours aux aguets. Deux soldats arpentaient l'allée des marronniers, mitraillettes déverrouillées et armées. Ricot attendait qu'ils passent derrière la grotte avant de bouger quand deux ombres surgirent de derrière les arbres et sautèrent sur les Allemands, couteaux à la main. Les lames brillèrent furtivement puis toutes ces ombres s'évanouirent dans la forêt noire. Tout avait été tellement vite avec ce silence de mort que Marcel se demandait s'il n'avait pas rêvé. Des ombres de la forêt...

Marcel décida, pour le bien de tous, qu'il n'avait pas de temps à perdre avec d'éventuelles hallucinations. Comme les Allemands avaient disparu dans le bois et qu'ils ne revenaient pas, Marcel jugea que la voie était libre et conduisit toute la troupe vers le sentier du bras mort.

À la suite d'un étrange pressentiment, le père Janin arrêta la file des élèves à deux reprises. Une sorte de malaise latent émanait de la forêt. Quelque chose était proche, quelque chose qui cherchait la mort. Les pupilles du prêtre scintillaient comme celle d'un... Chat et la nuit ne semblait pas le gêner outre mesure. Il fit accélérer l'allure, quand ils arrivèrent au vieux tronc du bras mort, son intuition devint certitude. Il fit signe au groupe de se tapir dans les sous-bois. Ce n'était pas vraiment une soutane que portait le père Janin, sous sa veste, c'était une sorte de bas de kimono japonais, mais avec les deux jambes séparées, j'avais déjà vu cet équipement, au musée de Montréal, l'exposition sur les Samouraïs. Le Chevalier des arbres tenait son bâton de marche comme un sabre.

Prêt à frapper, avant de se fondre dans la forêt.

21

Escapade de nuit

Le bruit de la fusillade nous avait pétrifiés, ça paraissait si proche, la nuit portait la guerre... nous étions recroquevillés sur nous-mêmes dans l'herbe humide et froide, tremblants, sans oser bouger.

– Ça venait du Séminaire, chuchota Denis.
– Je sais...
– Et si les Boches les avaient surpris et pis que...
– Et pis que quoi Sainte-Anne !
– Et pis que le Major nous a pas dit jusqu'à quand on devait attendre, voilà !
– En tout cas moi j'attends, j'ai pas envie de me prendre une autre baffe.
– Je te signale qu'on est supposés être à la ferme abandonnée, mais monsieur a les chocottes de la ferme...
– Calvaire, j'ai pas les chocottes de la ferme, je préfère être ici sur notre île, c'est tout.

Je me calai un peu plus dans l'herbe du talus pour regarder les étoiles en pensant à mon père, la polaire, la Grande Ourse avec sa casserole, sans oublier la lune et oh une étoile filante. Je secouai Denis.

– Tu l'as vue ?
– Quoi...
– L'étoile filante. Tiens, en voilà une autre, Sainte-Anne c'est pas une étoile filante, c'est une lampe électrique, Denis !

Nous escaladâmes le petit talus pour essayer de deviner l'origine du faisceau. Ça venait du bras mort, très en amont du tronc, on voyait le rayon d'une puissante lampe torche qui se baladait sur le sentier et parfois même dans les arbres.

– C'est eux ! Ils reviennent, ils éclairent le sentier du bras mort pour retrouver le tronc.

– Tu trouves pas ça bizarre pour les éclaireurs indiens de se balader à découvert comme des bleus et avec une lampe torche en plus ? T'as remarqué que quelqu'un avait une lampe torche toi ?

– Non… Merde, Lucien, c'est les Boches ! Qu'est-ce qu'on fait, on peut pas rester là !

– Faut se barrer maintenant, Denis, faut que tu nous amènes aux vannes, personne ne nous trouvera là-bas.

– Les vannes, t'as raison, on va prendre le raccourci de Robert par le bras mort, allez, on fonce !

On fonce, on fonce, c'était facile à dire, seulement à faire… c'était une autre paire de manches. Il y avait ce champ à découvert à traverser alors que le faisceau lumineux très inquisiteur s'approchait. Il fallait faire vite, très vite pour atteindre le tronc du bras mort et s'enfoncer dans la forêt avant que les SS ne déboulent du sentier. Denis courait déjà comme un dératé, moi j'étais figé en position fœtale derrière le monticule, tordu par des douleurs intestinales qui me clouaient au sol, les membres tétanisés.

Denis avait disparu dans l'obscurité, j'étais seul avec ce faisceau qui me cherchait. Les Indiens avaient échoué, j'allais être attrapé… et amené devant le mur du préau.

Je pensai à Viviane.

Pris soudain d'une sorte de frénésie, comme si mon cerveau s'était arrêté de cogiter, vide, exempt de peur, investi dans le moment que je devais vivre maintenant, ou jamais. Je me levai d'un bond et fonçai vers le tronc du bras mort. L'immensité noire de la forêt approchait, avec cette petite trouée plus sombre dans les frondaisons, le passage du bras mort. J'y étais presque et accélérai encore quand je butai sur une souche et m'écrasai lourdement tête première dans l'herbe humide, en lâchant un cri de douleur et de désespoir. Des coups de fusil claquèrent depuis le sentier, encore loin en amont du tronc. Des balles traçantes fusaient, ondes verdoyantes qui cherchaient ma mort, vers l'île et le monticule. J'étais allongé dans l'herbe encore un peu sonné quand j'entendis des cloches, ma tête avait dû cogner vraiment fort. Denis était déjà de l'autre côté du tronc, je me relevai péniblement quand je vis la grande faucheuse à côté de mon ami, immense et sombre avec sa faux prête à couper nos têtes. Ma fin était annoncée au son des cloches de l'apocalypse, la Mort m'attendait sur le passage.

– Merde Lucien, magne-toi le cul, les Boches arrivent !

C'était Denis qui me criait dessus… à voix basse…

– Denis, y'a quelque chose sur le tronc derrière toi…

– C'est le Chat, il est avec tous les élèves et les pères !

– Le Chat ?

– Oui, allez viens faut se sauver maintenant.

À peine avait-il terminé sa phrase, que toute la campagne s'illumina, comme si le jour venait de se lever en une fraction de seconde. Une fusée éclairante. Des rafales de mitraillettes retentirent, mais les soldats tiraient toujours du mauvais côté. Ils n'imaginaient pas que nous pouvions être déjà sur le sentier du bras mort. Pour combien de temps encore ?

Le père Janin nous attendait sur le sentier. Il ouvrit un passage dans les frondaisons avec son bâton de marche, silencieusement. Il s'accroupit soudainement, je manquai m'étaler sur le père Carle qui était allongé sous les arbres. Ils étaient tous là rassemblés en une ligne qui se perdait sous les frondaisons, les pères et les élèves, dans un silence des plus profond. Un silence de peur et d'angoisse. La fuite vers l'île était compromise, les pères cherchaient une autre issue et avec les Allemands qui approchaient...

Il y eut d'autres fusées qui nous cherchaient, dont une qui flottait au-dessus de nos têtes, éclairant les branches hautes d'une lumière blafarde. Sinistre. Le père Janin s'accroupit à côté de nous.

— Mais d'où sortez-vous donc, on a eu vraiment peur pour vous.

Je passai les détails de notre épopée pour lui expliquer que nous avions guidé le commando allié qui venait de les libérer.

— Quel commando allié ? Personne n'est venu nous libérer, nous nous sommes sauvés tous seuls !

Nous échangeâmes un regard avec Denis. Nos inquiétudes étaient révélées, la mission avait échoué, les Indiens probablement pris ou tués. Nous étions maintenant livrés à nous-mêmes.

— Vous vouliez passer par l'île pour vous sauver ?

Denis comprenait que leur fuite était sérieusement compromise.

— C'est le seul chemin que je connais vers la route de Conflans.

— Il y en a un autre, par le chemin des vannes, seulement c'est plus long et... plus difficile.

— Serais-tu capable de nous guider de nuit ?

Marcel Ricot venait d'apparaître derrière le Chevalier. Il s'accroupit à côté de nous sans un mot. Les vieilles rancœurs s'étaient volatilisées, la bande avait une mission et… il en faisait partie, par la force des choses.

– Si Marcel me donne un coup de main, on peut y arriver, mon père.

Le père Janin se tourna vers Marcel, le regard interrogateur.

– Je pense que oui, mon père, mais le passage est difficile, il y a un barrage à franchir…

Des coups de fusils et de mitraillettes retentirent au loin, dans le Séminaire. D'autres fusées éclairantes se dandinaient sous leurs parachutes. La cloche du Séminaire avait arrêté de sonner, ce fut comme un signal de départ. Silencieusement, la petite troupe se mit en route en se tenant la main pour ne pas se perdre dans l'obscurité. Il fallait quitter le sentier du bras mort, les SS arrivaient et je me demandai bien comment le Cosaque allait pouvoir retrouver la petite sente presque invisible qui menait aux vannes. De jour elle était pratiquement indétectable, alors de nuit…

Le Cosaque la trouva.

Le père Janin fit accélérer la cadence, cette petite trouée dans les arbres était notre seule chance de salut et il fallait y disparaître avant que les Allemands ne nous rejoignent. Je restai à l'entrée de la petite piste avec le Chevalier, pour guider les élèves. Enfin le Père Carle arriva qui fermait la marche, avec les deux Sœurs, à bout de souffle. Les armes crépitaient toujours en direction du Séminaire. Les fusées nous cherchaient sans jamais parvenir à percer l'opacité végétale. Par chance, nous étions en été et c'était une nuit sans lune.

Denis nous guidait sans faillir ni hésiter, Marcel Ricot l'assistait, eux seuls connaissaient le chemin. Malgré les branches qui nous fouettaient le visage, les racines qui nous envoyaient au tapis et surtout la peur panique qui nous tenaillait, pas un bruit, pas une plainte, ne montait de la longue file qui serpentait dans les méandres de la piste obscure.

Il y eut un arrêt. Le Chevalier remonta la colonne en vitesse, comme un nyctalope. Denis et Marcel Ricot étaient accroupis à l'orée de la forêt, observant un champ à découvert qui s'étalait devant eux. Derrière le champ, c'était la forêt des vannes. Le père Janin les rejoignit silencieusement.

– Les vannes sont juste après le champ, dans la forêt. Il va falloir les passer par petits groupes, c'est quand même dangereux.

– C'est ce qu'on va faire. Denis, tu viens avec moi et le premier groupe, Marcel tu organises les autres avec Lucien et on se retrouve tous là-bas, c'est d'accord ?

– D'accord répondirent les deux jeunes à l'unisson.

Le père les regarda dans les yeux.

– Merci les gars, pour votre courage, sans vous…

Nous avions franchi le champ à découvert au pas de course et nous étions enfin tous arrivés sains et saufs aux terribles vannes. La nuit, elles étaient d'autant plus impressionnantes, avec ces gros bouillons écumants qui rageaient contre le muret de pierre. Marcel Ricot était figé devant l'épreuve du muret qu'il devait absolument franchir, de nuit et pour montrer l'exemple. J'étais juste derrière lui, moins fanfaron que la première fois. Le père Janin arriva et considéra le tableau. Sans un mot, il enleva sa veste sans manches et dégrafa son ceinturon de cuir pour enlever sa soutane de samouraï. Vêtu seulement de son caleçon, il entra dans l'eau tumultueuse. Dans la partie la plus profonde, sa tête émergeait encore.

– Alles-y les gars, tenez mon bâton et traversez, dépêchez-vous l'eau et glacée.

Ricot traversa après Denis, sans un regard pour ses pieds, qui l'attendait de l'autre côté. Le Cosaque lui tendit la main que Marcel agrippa.

– Merci, dit-il simplement.
– De rien… Marcel.

Marcel venait de réintégrer la bande ipso facto.

Grâce à la houlette du père Janin, tout le groupe passa sans encombre. Enfin ce fut mon tour, je m'apprêtai à grimper sur le muret quand le Chevalier me rejoignit.

– Je dois retourner au Séminaire, dites à Marcel qu'il cache les élèves dans la forêt et vous deux allez chercher du secours chez les alliés à Conflans le plus vite possible. Foncez !

Jamais de ma vie je n'avais couru aussi vite et aussi longtemps, je n'en pouvais plus, j'étais exténué, à bout. Nous avions trouvé la route de Conflans déminée, en passant par les champs, mais nous étions encore loin du village. On n'avait même pas encore passé la ferme de Viviane. J'essayai de reprendre mon souffle accoté à un platane.

– Lucien, il faut qu'on se bouge, les autres comptent sur nous.

– J'en peux plus Denis, je suis crevé, râlai-je en m'asseyant au pied de l'arbre.

Il me regarda longuement, je devais vraiment avoir l'air à bout de force.

— Reste ici Lucien et repose-toi, je vais foncer chez les Canadiens et on te reprendra en passant.

— Non attends, j'arrive.

Je ne voulais vraiment pas rester seul sur cette route de malheur. Nous reprîmes notre folle équipée, jamais de ma vie je n'avais couru aussi longtemps. Mes pieds me faisaient souffrir atrocement et je n'osais imaginer leur état, je n'avais pas quitté mes godillots depuis un bout de temps. Et puis il y avait toute cette fatigue cumulée…

Denis aussi était au bout du rouleau. Nous n'avions plus la force de parler ni l'un ni l'autre, nous concentrions sur l'effort incroyable d'avancer en mettant un pied devant l'autre.

Le jour se levait, la journée allait être magnifique.

Je repris un peu de vigueur pour m'effondrer quelques pas plus loin. En quelques secondes, je dormais profondément. Totalement épuisé. Denis s'était assis à côté de moi et avait posé ma tête sur ses genoux. Difficile de me laisser endormi sur le bord de la route… Il m'octroya un bon quart d'heure de repos en luttant lui-même contre le sommeil qui le gagnait. Enfin il me réveilla doucement, nous étions en plein milieu de la chaussée.

— Y'a le sol qui vibre Lucien.

— Quoi ?

— Le sol vibre. Des camions arrivent vers nous.

— Calvaire, faut se planquer dans le fossé.

— Pas la peine, qui veux-tu qui arrivent par là à part les Canadiens ?

— Avec la chance qu'on a…

Le brouillard s'était levé sur la campagne, on entendait maintenant une légion de véhicules qui avançaient dans la brume. Des phares crevèrent les volutes éthérées. La silhouette floue d'un camion émergea et s'arrêta à vingt mètres de nous, deux formes allongées sur la route, immobiles comme des cadavres. Des soldats avançaient, armes au poing. Bientôt nous fûmes entourés de soldats qui nous relevèrent. Ils nous avaient reconnus, on était sauvés ! Ils nous amenèrent jusqu'à un camion serre file.

Les copains étaient là ! Ils sautèrent en bas du camion en criant nos noms. La fatigue m'empêchait de contrôler toute émotion et je me jetais dans leur bras en pleurant, au diable ma superbe d'Indien.

Le Colonel sans expression arriva. Nous lui expliquâmes la situation du Séminaire, la mission ratée du Major et le groupe caché près des vannes. Un char émergea du champ voisin, même le brouillard s'écartait devant le monstre fumant. Il y avait un nombre impressionnant de soldats qui se préparaient, le Colonel avait donné ses ordres. Il fallait agir rapidement. L'officier revint vers nous.

– Les deux kids, vous embarquez avec nous, vous allez nous indiquer où se trouvent vos camarades.

Avais-je bien entendu ? Nous allions pénétrer dans les entrailles du monstre d'acier ? Denis regardait les copains en leur montrant son talisman indien, fier comme Artaban. Nous allions réaliser un de nos rêves les plus fous.

– Toi le grand, précisa le Colonel, tu montes dans le char de tête, quant à toi, tu vas dans le half-track[23].

---

23 Half-track : véhicule blindé chenillé pour le transport de troupes.

Calvaire, mes illusions venaient de s'effondrer, le Cosaque seul allait découvrir le ventre de la bête, moi je le suivrais dans un vulgaire transport de troupes. Résigné, on m'invita à m'installer parmi les ombres qui tenaient leur fusil la crosse posée sur le plancher, un peu comme on tient des parapluies dans un autobus. Le soleil s'était levé, il commençait à faire chaud.

Bercé par les mouvements du véhicule, je m'endormis aussitôt sur l'épaule de mon voisin immédiat.

22

Délivrance

Le Chevalier n'avait pas repris le sentier du bras mort, il avait coupé directement par la forêt, c'était plus rapide. Il avançait très vite, comme à son habitude, dans ses yeux, la flamme noire brillait plus que jamais. Il arriva bientôt devant l'allée des sapins, la Sacristie se devinait un peu plus loin.

Il s'immobilisa, la présence qu'il avait ressentie la veille était là, toute proche. Le Chevalier adopta une position de combat, le bâton tendu devant lui.

Soudain, se détachant d'une branche qui le surplombait, une forme noire fondit sur le père. Surpris, il évita le contact par un plongeon instinctif, suivi d'une roulade. La seconde suivante, il était debout, le bâton à la main prêt à frapper. La forme noire avait atterri souplement, le coutelas menaçant. Les deux adversaires se toisèrent, immobiles. Dans leurs regards, une flamme étrange brûlait. Ils baissèrent leurs armes en même temps, ils s'étaient reconnus.

— Je suis le père Janin, je viens du Séminaire, les jeunes m'ont expliqué qui vous êtes. Ils pensaient que votre mission avait échoué.

Une branche craqua dans les frondaisons, c'était le caporal Cookie.

— Que faites-vous ici, mon père ? Les Allemands sont encore dans le Séminaire.

— Je viens vous prévenir. Nous nous sommes sauvés la nuit dernière, il n'y plus personne dans le Séminaire. Vous êtes seulement deux ?

— Non, les autres se sont dispersés dans la forêt, ça canardait pas mal cette nuit, on a pas vraiment pu approcher, les Allemands étaient déjà en alerte, il y a eu une attaque avant nous, peut-être des partisans... Il regarda sa montre, nous avons rendez-vous au point de ralliement, à la ferme abandonnée. Vous venez avec nous ?

— Non, je retourne au Séminaire, il y a un prêtre et un officier allemand qui nous ont aidés à nous enfuir. S'il y a une chance, aussi petite soit-elle, qu'ils soient encore vivants, je dois aller les sauver.

— Et vous voulez y aller seul avec votre bâton de pèlerin ? Il y a toute une escouade de SS armée jusqu'aux dents, il y a des nids de mitrailleuses et ils sont nerveux comme de jeunes vierges, sauf votre respect mon père... mais c'est du suicide.

Bobby Black Eye s'approcha. Le père et l'indien échangèrent un long regard.

— Je t'accompagne, décida le Shaman en ramassant sa courte carabine.

— Bien, dit le Caporal, résigné, inutile de vous dire que vous n'avez aucune chance, la seule chose que je peux vous promettre, c'est de revenir avec les chars et la troupe au plus vite.

Les deux hommes s'éloignèrent pour arriver bientôt derrière la ligne de sapins. Au Séminaire, aucun bruit. Ils se dirigèrent vers la Sacristie, le père Janin expliqua à Bobby qu'il fallait monter dans les étages pour entrer dans la soupente qui faisait le tour du bâtiment. Il s'apprêter à ouvrir la porte qui donnait sous les toits quand un râle les fit sursauter. Ça venait du clocher, le père Janin comprit tout de suite.

Le père Cuvelier était assis dos au mur, les mains ensanglantées posées sous sa clavicule. Bobby sortit un pansement américain, des sulfamides et une syrette de morphine de sa pochette médicale individuelle, il piqua le père Cuvelier et pansa sa blessure. Bobby se tourna vers le père Janin.

– Il va s'en sortir, la balle a traversé les muscles sans toucher les poumons, c'est douloureux, mais il a eu de la chance. La morphine va l'aider à tenir le coup.

Le père Cuvelier revint à lui un instant.

– Auguste, c'est moi Jean, tout va bien, on va te sortir de là, ne bouge pas d'ici, on va revenir te chercher.

– Et les enfants ?

– En sécurité, ils sont tous sains et saufs et c'est grâce à toi Auguste, grâce à toi.

Le père Cuvelier s'était endormi. Le Chevalier esquissa un sourire, son ami était sauvé.

Bobby et le père Janin évoluaient péniblement à quatre pattes dans les soupentes. Ils étaient vraiment trop grands pour ce genre de tunnel. Ils débouchèrent sur la petite porte qui donnait sur le grenier derrière l'horloge, le loquet n'était pas tiré. Il aurait été facile d'ouvrir la porte d'un coup de pied si le verrou avait été mis, mais bien plus bruyant. Jusque-là, la chance était avec eux. Le grenier était vide, n'ayant pas de fenêtres, il n'avait aucun intérêt stratégique. Soudain des cris fusèrent de toutes parts, cela venait de l'étage en dessous, du bureau du directeur. On entendait un bruit de moteur au loin, vers la grille du parc, après la grotte.

Le père Janin souleva une tuile pour regarder dans la cour. Il sourit.

— Je pense que votre ami est arrivé Bobby, regardez.

Au fond du terrain de football, une colonne de chars prenait position, ils s'alignèrent en rang face au bâtiment principal et pointèrent leurs canons. Derrière les chars, dans l'allée des marronniers et dans la rangée de sapins, il y avait au moins une centaine d'hommes déployés.

Affolés, des soldats abandonnèrent leurs postes de combat pour se précipiter vers la Kubelwagen, mais une rafale de mitrailleuse du char de tête les renvoya dans le bâtiment principal, sous les imprécations du lieutenant SS.

Le père Janin serra les dents en entendant la voix du jeune SS.

— Cet imbécile préférera sacrifier ces gamins déguisés en soldats, plutôt que de se rendre, marmonna-t-il.

Une salve de chars pulvérisa la Kubelwagen et une autre un camion bâché. Les chars avancèrent lentement en formation de combat, les soldats suivaient derrière.

Il y eut beaucoup de remue-ménage à l'étage du dessous et finalement une colonne de soldats SS les bras en l'air sortit du bâtiment et se dirigea vers les assaillants. Le père Janin fit comprendre à Bobby qu'il allait descendre dans le bureau. Les deux hommes descendirent par l'escalier du grenier pour se retrouver dans le couloir, devant le bureau du directeur. Les armes des Allemands gisaient à terre, avec tout leur équipement militaire. Le lieutenant entrait et sortait sur le perron du bureau pour vociférer des ordres à ses hommes, mais ils ne l'écoutaient plus. Ils étaient tellement heureux de s'être rendus.

Vivants.

Une voix s'éleva du bureau, différente, calme, posée, la voix du Capitaine Weber.

– C'est la fin lieutenant, rends-toi, rejoins tes hommes, c'est un ordre !

– Je n'ai pas d'ordre à recevoir d'un traitre de français comme toi ! Un officier SS ne se rend pas, il meurt les armes à la main !

Il sortit sur le perron, arma sa mitraillette et fit feu sur des hommes. Il n'en toucha aucun, il visait mal.

– Traitres ! hurla le SS à ses hommes.

Le lieutenant revint dans le bureau pour chercher un autre chargeur quand il se trouva nez à nez avec le Chevalier. Il fouilla vers l'étui de son pistolet, mais le bâton s'abattit, vif, précis, sur la main du SS qui se brisa nette avec un craquement d'os éclatés. Le jeune SS hurla de douleur. Le bâton vola de nouveau vers la poitrine du lieutenant qui recula sous le coup et passa à travers la porte vitrée du bureau dans un fracas de vitre brisée. Les côtes du sternum en miettes, le SS essaya péniblement de se relever, le souffle court. Le Chevalier le saisit à la gorge.

– Je pourrais te tuer ici, maintenant, mais ce serait trop d'honneur. Je préfère que les tiens te jugent.

Il saisit le soldat par la nuque après lui avoir arraché ses insignes militaires SS et lui fit descendre les marches du perron quatre à quatre. Le père Janin rejoignit le Capitaine que Bobby venait de libérer.

– Et bien mon père, on peut dire que pour un curé, vous savez manier la crosse !

– Content de vous revoir sain et sauf Capitaine, le père Cuvelier a été blessé, mais il s'en sortira, les infirmiers sont avec lui.

Il y eut un bruit de pas précipités dans le couloir. Bobby se retourna vivement, sa carabine pointée. C'était le directeur. Le père Janin le saisit au collet.

— Toi, tu vas avoir des explications à donner, pour le moment, va rejoindre tes amis allemands, nous verrons ce que nous ferons de toi plus tard.

Le Caporal arriva dans la cour avec le Major, ils grimpèrent les escaliers du perron pour rejoindre le père Janin.

— Vous semblez avoir réussi votre mission mon père, il désigna le Capitaine du menton. Votre collègue a été évacué vers l'hôpital de campagne, il va bien.

Il y avait comme une tension entre les hommes, le Capitaine Weber était quand même un officier allemand, libre de mouvements. Le Major s'éloigna avec le père Janin, il y avait une décision à prendre avec Weber.

— Votre ami est un Capitaine de la Wehrmacht, mon père, nous devons le conduire dans un camp de prisonniers c'est la procédure.

— C'est un Français malgré lui, enrôlé de force. Sans lui, les SS nous auraient fusillés. Nous étions des résistants Major, les SS n'ont pas pour habitude de leur faire de cadeaux.

— C'est un officier, il sera traité en conséquence, ne vous inquiétez pas.

Le Caporal Cookie s'approcha.

— Je viens d'avoir des nouvelles des enfants mon père, ils sont tous sains et saufs, ils seront là bientôt.

Le Major s'éloigna avec le Caporal. Ils palabrèrent longtemps en jetant de temps à autre des œillades vers le Capitaine. Ils rejoignirent le père Janin.

Le Major alluma une cigarette.

– Il va falloir du monde pour vos occuper de tous ces élèves qui reviennent, mon père.

– Nous avons l'habitude de nous débrouiller Major.

– Je pense néanmoins qu'un nouveau père vous aiderait grandement, qu'en pensez-vous ?

– ?

– Sans vous donner d'ordre, je vous conseille de trouver des vêtements convenables pour votre nouveau collègue, il se tourna vers Weber, quel est votre prénom Capitaine ?

– Éric.

– Et bien pour le père Éric ici présent. Faites vite avant que le Colonel n'arrive…

Lorsque je m'étais réveillé, bousculé par les soldats qui sortaient du half-track, nous étions arrivés au petit bois où se cachait tout le groupe. Les soldats marchaient vers la forêt, arme à la hanche quand une nuée de gamins se précipita vers eux. Denis s'extirpa du char de tête avec une lenteur calculée, il fallait bien que tout le monde le voie ! Le Cosaque venait de prendre une sérieuse avance sur l'Indien.

Les pères nous félicitèrent chaleureusement tous les deux, le père Carle m'avait même frotté le dessus de la tête, c'était une autre sorte de torgnole moins magique, plus agréable. Des camions s'étaient avancés, on allait nous ramener au Séminaire. La bande à Kaczki s'était enfin retrouvée, avec Marcel.

– T'as réussi à passer les vannes sans te casser les couilles, Ricot ? lui demanda Henri, très sarcastique.

Denis se tourna vers Henri.

– Non seulement il a passé les vannes de nuit, mais avant ça, il a sauvé tout le monde, c'est lui qui les a guidés hors limites, tout seul, avec les Allemands au cul, alors respect ! Et puis tu peux l'appeler Marcel, il fait partie de notre bande.

Henri, penaud s'excusa tout de suite auprès de Marcel, le héros de la nuit.

Dès notre arrivée au Séminaire, il y eut un rassemblement dans l'étude. Chacun retrouva sa place et son casier, heureux de retrouver ses petites affaires et ses habitudes. À part quelques vitres brisées et des pupitres renversés, l'étude était intacte.

Les Sœurs et les pères entrèrent dans l'étude par la porte du fond. Le père Janin se dirigea vers l'estrade et effaça les inscriptions en allemand du grand tableau noir.

– Ce soir messieurs, nous célébrerons une messe à la mémoire de Germain Trotte Menu et de tous ceux qui ont laissé leur vie au cours des derniers événements…

Il resta un moment silencieux, recueilli.

– … vous avez tous été très braves, très forts, reprit-il, tous autant que vous êtes, j'espère sincèrement qu'aucun d'entre vous n'aura envie d'aller se balader hors limites, n'est-ce pas ? On ne sait pas quelle rencontre on peut y faire…

L'étude au grand complet se tourna vers les gars de la bande.

– … Enfin, et je terminerai là-dessus, nous avons un nouveau venu au Séminaire, il s'agit du père Éric du diocèse de Metz, vous le verrez à l'office.

Le père Carle monta sur l'estrade.

– Les Canadiens vont nous laisser une escouade de protection et… des cuisiniers pour ce soir. Vous allez

manger de la viande, des pommes de terre et du vrai café, ça vous changera du pain noir et des oignons crus !
Un hourra de joie secoua l'étude.
– Pour le moment allez-vous décrasser dans vos dortoirs et vous reposer, la messe sera célébrée à dix-huit heures précises.

Je ne voulais que me reposer, retrouver mes draps frais et me laisser engourdir par le sommeil, lentement sombrer dans le néant en pensant à Viviane. Le Chevalier m'appela à lui.
– Surtout ne le perd jamais Lucien, jamais.
– Perdre quoi, mon père ?
– L'espoir Lucien, l'espoir.

Le Chevalier s'éloigna vers l'allée des marronniers en lévitant, il allait embrasser les Arbres.

Épilogue

Vingt ans plus tard, quelque part en France...

Je garai la voiture près des toilettes, je ne voulais pas m'avancer au milieu de la cour. La vie n'avait pas émoussé mes souvenirs. Les pères, Germain et tous les copains, je les voyais courir sur le terrain de football qui était maintenant bien gazonné, les marronniers étaient en fleurs, la grotte aux avions était toujours là, la grille du parc avait été repeinte.

Le Séminaire était beau.

Comme à mon premier jour ici, j'avais une énorme boule au fond de la gorge, le genre que je ne connaissais que trop bien.

– Je... je vais faire un tour dans l'allée des marronniers.

– Vas-y mon chéri, tes souvenirs t'attendent, je te rejoindrai plus tard.

Je l'embrassai, elle avait deviné mon émotion.

Le Séminaire était silencieux, il y avait des cours dans toutes les classes et on entendait les voix des enseignants par les fenêtres ouvertes. Je me demandai si tous ces élèves vibraient eux aussi avec la même flamme qui nous avait portés à notre époque, armés seulement de notre innocence. J'avais envie de leur dire qu'il y avait vingt ans, les copains et moi, on avait voulu sauver le Monde et qu'à l'époque, même l'armée allemande ne nous avait pas arrêtés.

— Dis donc l'indien, si j'avais su que ton amour de jeunesse deviendrait une telle beauté, je ne t'aurais jamais laissé faire…

Je ne me retournai pas tout de suite pour voir mon interlocuteur. Ce ne pouvait être que le bouffeur de roustoks, mon Cosaque préféré !

Le dos tourné, je lui ai répondu.

— Dis donc le Cosaque, t'aurais pas comme toujours eu une pointe de jalousie envers moi, toi ?

Je me tournai enfin.

Un grand gars en uniforme de parachutiste tenait ma femme par le bras. Il s'approcha et se jeta dans mes bras, m'étreignant longuement sans un mot. Je savais pourquoi il ne me lâchait pas, moi aussi de grosses larmes roulaient sur mes joues. Aucun des deux ne voulait laisser paraître son émotion.

— Merde, Lucien, ça fait tellement longtemps.

— Juste une vingtaine d'années mon Cosaque, juste une vingtaine d'années, Sainte-Anne-de-Beaupré !

Viviane s'approcha et nous nous dirigeâmes bras dessus, bras dessous vers le bâtiment principal. Il y avait un cocktail de bienvenue offert par le comité des anciens. Une cinquantaine de personnes devisaient dans un brouhaha qui me rebuta tout de suite. Je cherchai mes copains, ils étaient en train de siffler du punch, dans un coin. Nous avions été tellement différents, nous ne pouvions que nous tenir à l'écart de l'ordinaire des autres.

Ils nous regardèrent entrer, Viviane la Divine toujours au bras de Denis. Robert pleura tout de suite, mais ça on le savait, Marcel lui tint le bras, deux grosses larmes lui coulaient sur les joues, Serge et Henri étaient figés, le verre de punch à la main.

— Merde, Lucien, c'est bien toi ?

— Mais oui mon Robert, c'est moi ! répondis je la gorge nouée.
— Et la charmante Dame, c'est ta femme ?
— Oui Robert, c'est ma femme.
Viviane l'embrassa.
— Tu étais moins timide il y a vingt ans Robert.
— ?
— Souviens-toi, tu avais essayé de m'embrasser, dans la grange…

Robert devint rouge écarlate, je me demandai s'il n'allait pas courir aux toilettes… comme à son habitude.
— Tu veux dire que…
— Oui Robert, je veux dire que je suis Viviane et qu'il y a une vingtaine d'années, je t'ai servi un petit déjeuner dont tu dois te souvenir.

Henri qui avait assisté à tout ce dialogue lâcha son verre de punch qui s'écrasa sur ses pieds. Serge avala le sien cul sec.
— Ah ben ça alors, Viviane ! L'Indien est revenu te chercher !
— Il me l'avait promis…

Elle se tourna vers un gars qui arrivait avec des bouteilles de Champagne.
— J'imagine que tu dois être Marcel, Lucien m'a beaucoup parlé de toi.
— J'imagine que tu dois être Viviane, sa fée. Lucien n'arrêtait pas de nous parler de toi !

Ils s'embrassèrent. Denis les prit à part.
— Dites les gars, je ne sais pas pour vous, mais moi j'irais bien boire un godet ailleurs…
— Où veux-tu aller ? lui demanda Robert.
— Où veux-tu qu'on aille, franchement ?

Nous marchâmes lentement en longeant l'allée des sapins avec nos bouteilles sous le bras. Les images dans ma tête et probablement dans celles de mes amis défilaient sans cesse. Nous empruntâmes le sentier du bras mort par le coin du terrain de football, une entrée à découvert que nous n'utilisions jamais. Mais aujourd'hui, personne ne remonterait sa soutane pour nous courser après.

Nous étions arrivés au sentier du bras mort. Les arbres étaient plus grands, mais tout, paradoxalement, nous paraissait plus… petit, disons moins impressionnant. Nous cheminions en silence, tout à nos réflexions, quand Robert nous fit signe de le suivre dans le sous-bois. Il se souvenait parfaitement de l'endroit.

— À l'époque, les arbres étaient moins hauts, mais c'est là que ça s'est passé. Il n'y a pas un seul jour de ma vie où je n'aie pensé à ce qui s'est passé ici même, dans ce bosquet, vous auriez dû voir le Chat, un coup de bâton et le Boche était mort. Vous auriez dû voir ça les gars, vous auriez dû voir ça…

— Je l'ai vu Robert, lui dis-je d'une voix morne.

— Il est tombé où exactement le Boche ? lui demanda Serge.

— Juste là, près de la grosse pierre.

— Quelle grosse pierre ?

— Dans les fourrés, là, il doit y avoir une grosse pierre.

Serge s'avança en écartant les ronces avec ses pieds et effectivement, il trouva une grosse pierre. Il la retourna et resta sans voix, il y avait quelque chose dessous. Nous nous approchâmes, curieux. Serge se baissa et ramassa l'objet aux trois quarts ensevelis pour le tendre vers nous en pleurant de joie.

Dans ses mains, il tenait une mitraillette allemande toute rouillée…

Nous traversâmes le bras mort sur le vieux tronc qui tenait toujours son travers miraculeusement. Marcel le franchit en rigolant. Enfin nous marchions dans le champ juste avant notre île, chacun avait arraché un brin de tsampa, que nous mâchions nonchalamment.

— Et le père Janin, vous avez des nouvelles ?

Personne n'avait eu de nouvelles d'aucun des pères, mis à part des faire parts de décès… Les pères Carle, Job et Cuvelier, mais des autres, rien.

Nous arrivâmes à notre île, personne ne pipait mot. L'émotion était palpable. Marcel distribua les verres de plastique et sabra une bouteille de Champagne avec son couteau. Nous étions assis derrière le monticule qui donnait sur le bras mort, nous allions trinquer à nos souvenirs quand une voix venant de la berge, là où aurait dû se trouver la petite barque, nous fit sursauter.

— Je me demandais si vous alliez tous venir.

Le timbre de voix me fit tressaillir. Je pris mon temps pour me retourner, savourant à l'avance l'imminente rencontre. Cette voix je l'aurais reconnue entre toutes et je me demandai s'il était venu avec son bâton de marche et sa soutane de lévitation. Les copains étaient bouche bée, regardant mon interlocuteur par-dessus mon épaule. Je me tournai lentement.

— Bonjour à tous, c'est bon de vous revoir ici !

Le Chevalier des Arbres se tenait devant moi. Le temps n'avait pas eu d'emprise sur lui, sa stature n'avait pas changé, son regard non plus. Le comité d'anciens du Séminaire avait été averti, si un jour la bande à Kaczki confirmait sa présence à la réunion des anciens, il fallait prévenir Jean Janin. Le Chevalier avait laissé la robe.

— Je ne vous présente pas Éric Weber, vous devriez vous en souvenir.

Nos regards convergèrent vers l'homme aux cheveux blancs et aux yeux très bleus qui se tenait avec le Chevalier. C'était le Capitaine de char, l'officier allemand. Denis semblait surpris.

— Donc, si j'ai bien compris, vous n'êtes plus curé ?

— Non, monsieur Kaczki, appelez-moi Jean tout simplement, à moins que vous ne préfériez m'appeler… le Chat !

Denis éclata de rire.

— Alors vous saviez ? lui demanda Robert, très étonné.

— Allons, monsieur Lefur, vous vous moquez de moi ? Dites-moi messieurs, j'espère que je n'ai pas le voyage du fin fond du Grand Nord canadien pour que vous vous fichiez de moi, n'est-ce pas ?

— Du Grand Nord ? Mais où habitez-vous donc ? demandai-je, stupéfait.

— Nous avons suivi, le Capitaine et moi, Bobby Black Eye le Shaman, à Kuujjarapik, dans le nord du Québec. Cookie, oui le petit Caporal, est le maire du village Inuit. Les Cris et les Inuits qui vivent là-bas, sont plus proches de ma vérité que tous ceux que j'ai rencontrés au cours de ma vie. Nous vivons en harmonie là-bas.

Le Capitaine Weber sortit une bouteille aux trois quarts vide d'une musette militaire portant l'insigne du 22e régiment de Québec.

— Madame, messieurs, le Capitaine et moi avons conservé ce qui reste de cette bouteille depuis vingt ans. Nous avions convenu de la boire avec vous, et uniquement avec vous.

Il nous servit un verre à chacun. C'était de la Mirabelle, la fameuse petite prune jaune de Lorraine. Bobby Black Eye lui avait prédit que nous nous retrouverions avant que la bouteille ne soit vide.

Le Chevalier leva son verre.

– Dans la cour du Séminaire, un homme est tombé, foudroyé par la bêtise humaine. Je propose de lever nos verres à Germain Trotte Menu et à ses dernières paroles.

Les yeux de Jean s'embuèrent, nous levâmes nos verres ensemble et trinquâmes avec ces mots :

– À la Vie !

FIN

Table des matières

Prologue 7
1 Hors limites 9
2 Le Séminaire 23
3 Conseil au sommet 31
4 Les vannes 35
5 La torgnole magique 39
6 La casemate sous les toits 45
7 Le petit soldat de la forêt 49
8 Germain Trotte Menu 71
9 Les chars 77
10 Mirabelle 36 89
11 La décision 93
12 La nuit de tous les dangers 103
13 Le pot aux roses 115
14 La forêt 119
15 L'interrogatoire 131
16 Viviane la Fée 137
17 La décision du Capitaine Weber 153
18 Les Alliés 157
19 Les petits soldats 175
20 L'évasion 185
21 Escapade de nuit 189
22 Délivrance 199
Épilogue 209

Création de couverture et mise en page : Mathieu Godbout
Illustration de la couverture : ©2022

Octobre 2022

Made in the USA
Middletown, DE
23 March 2025